刘遥乐

# 噩梦出口

刘遥乐◎著

台海出版社

图书在版编目（CIP）数据

噩梦出口 / 刘遥乐著 . -- 北京 : 台海出版社,
2024.11. -- ISBN 978-7-5168-4016-0

Ⅰ.I247.5

中国国家版本馆 CIP 数据核字第 2024C4Q868 号

# 噩梦出口

著　　者：刘遥乐

责任编辑：戴　晨　　　　　　　策划编辑：王　瑞　施玉环

出版发行：台海出版社
地　　址：北京市东城区景山东街 20 号　　邮政编码：100009
电　　话：010-64041652（发行，邮购）
传　　真：010-84045799（总编室）
网　　址：www.taimeng.org.cn/thcbs/default.htm
E - m a i l：thcbs@126.com

经　　销：全国各地新华书店
印　　刷：河北文盛印刷有限公司
本书如有破损、缺页、装订错误，请与本社联系调换

| 开　　本：880 毫米 × 1230 毫米 | 1/32 |
| --- | --- |
| 字　　数：126 千字 | 印　　张：8 |
| 版　　次：2024 年 11 月第 1 版 | 印　　次：2024 年 11 月第 1 次印刷 |
| 书　　号：ISBN 978-7-5168-4016-0 | |

定　　价：48.00 元

版权所有　翻印必究

# 目录

引子 — 001

第一章 特殊的死者 — 009

第二章 完美不在场证明 — 037

第三章 恨意 — 065

第四章 图谋已久 — 095

第五章 工具人 — 123

第六章 铜墙铁壁 — 153

第七章 植入 — 187

第八章 天方夜谭 — 217

尾声 余生安宁 — 239

# 引子

他想到了自己的母亲，想开口大喊，但无论是声音还是肉体都被耀眼的火焰瞬间吞噬。

这是哪儿？

头晕，腰痛，腿痛，浑身无力，眼睛被宽布条一类的东西罩住，一片漆黑。

他尝试站起来，才发现双手被绑在椅子背后，双脚也被牢牢捆住，怎么挣脱都无济于事。这……是做梦吗？他只好扭动身体，使出浑身力气把椅子带倒，头部和肩膀重重撞在地面上，他瞬间感到剧烈疼痛。

这不是梦。

可这是哪里？发生了什么事，为什么自己被人捆绑？

他用脸颊蹭蹭地面，能感受到粗糙的石灰颗粒，好像是个仓库。可这仓库也不是完全密闭的，大概是有窗子，因为有风从脸上吹过。他清醒了些，开始拼命回忆，脑海里的最后印象是自己偷拿了家中的钱跑出去上网,半夜从网吧出来,正走在回家的路上,接着就莫名其妙失去了意识。

现在想想,应该是被什么人袭击了。

"有人吗?"还好嘴巴并没被堵住,他开始大声呼救,"有没有人啊?救命啊!"

接连喊了几声,无人答应,他再次尝试侧着起身,可下半身无法发力,就算是改变方向也毫无作用。

到底是谁做的?他费力思考却想不出一个具体的名字。正琢磨着,右侧腰部的一阵剧痛让他紧皱眉头,手挠不到,他只能靠小幅扭动身体与地面摩擦来减轻痛苦。

就在这时,一阵清晰的脚步声传来。

"谁?是谁?"

脚步声很快又消失了,没有人回答,但他感觉到周围有人。他很紧张,呼吸几乎停滞,仔细听去,那脚步声果然又轻轻响起。这声音有点不同,像是塑料摩擦般的沙沙声响,一下一下,由远及近,慢慢地再次停下。

周围好安静,接着是什么物件放在地上的声音,应该有些重量,因为他听到"咚"的一声。再接着,脚步声绕至身后,一双手将他连人带椅子扶了起来。

"嘿——"扶起他的人说道,"准备好了吗?"

"你是谁啊!"他此刻的语气还是愤怒多于害怕,"准备什么?你……你快放了我!"

"准备送你去见一个人。"那个声音沙哑中带着轻蔑,"多活了四年,一千多天,现在该去赎罪了吧。"

赎罪?四年?他思绪飞速运转,觉得很不真实,但这逼近的压迫感又令他不得不相信。这是迟来的复仇吗?巨大的恐惧侵袭全身,他浑身战栗,太阳穴剧烈跳动,通联心脏的每根血管都快要爆裂。

"不,不,求你了,你别杀我!"

对方不再回应,涌入耳边的是更多的声音,金属碰撞,瓶口拧开,盒子开开关关,塑料摩擦,这合奏而成的恐怖音乐简直像是手术台上的肢解前奏……

他怕极了,拼死呼救、挣扎,可绳子捆绑得非常之紧,怎样扭动也挣脱不了。随后传来的,是火柴划擦的声响。

唰——

下身一股热液涌了出来。救命啊,妈妈,救我,妈妈!他想到了自己的母亲,想开口大喊,但无论是声音还是肉体都被耀眼的火焰瞬间吞噬。

# 第一章

## 特殊的死者

从犯罪心理学角度看，有些罪犯为了达到目的，亲眼看着被害人痛苦挣扎，为的就是一种泄愤的感觉。

2022年7月20日,星期三。

"永邦天汇"设计之初本是一栋金碧辉煌的大厦,六年前开工后却因为资金不足而成为一栋烂尾楼。这里地处开发区,人烟稀少,交通不便,建筑外墙也漆黑一片毫无特色,废弃的脚手架长满铁锈,四周藤蔓缠绕,杂草丛生,白天都颇为荒凉,晚上更是鬼影一般,颇为吓人,成了真真正正的钢筋废墟。而就是这么个地方,很快将成为所有南城人目光的焦点。

报警人是三个误入此地玩耍的小男孩,接警员确定了具体位置、报警人信息,叮嘱他们不要破坏现场的任何东西后,立即出警。附近警务站的巡逻民警先赶到烂尾楼,将现场保护起来,刑侦队的侦查人员和法医随后赶到,在现场收集线索。

死者被淋浇过汽油一类的助燃剂，已经烧至炭黑，衣服、头发几乎都被烧光，只有零星残片，一双鞋子还穿在脚上。

最先进行勘验的是痕迹检查人员。他们先将现场划分网格、进行编号，再将现场土壤、石块扫在一起全部打包起来。给尸体拍好照后，用证物袋收取衣物残片，接着将死者手脚和头部用塑料袋包裹起来，由专门车辆送入解剖中心。

三个孩子的家长也在随后赶到，由于时间较晚，孩子们暂时跟随各自家长回了家。第二天一早，身着便服的刑警分别走访了三个家庭，在监护人陪同下被详细询问，但很可惜三个孩子都说除了尸体外，没有看到其他任何有用的线索，也没有看到任何可疑的人。

南城是个小城市，生活安逸，命案不多，每年够判重刑的案件也多为过失致死或者故意伤害致人死亡，如此令人不寒而栗的暴力犯罪十几年来是头一桩。别说年轻警察了，就是工作多年的老刑警也未必亲眼见过。"7·20焦尸案"一出，引起市局高度重视，南城说得上名字的媒体几乎都在跟这个案子。

"尸体情况怎么样？"局长发问。

"报告出来了，案情通气会定在半个小时后。"徐锐答道，他是南城警局去年才新上任的刑侦队副队长。

"行，你来主持，我也参加。"

半小时后，相关人员聚集在会议室的椭圆桌前。

首先由法医说明尸检情况。报告显示，被害人肺部内含大量烟灰、碳末，吸入很深，胃部也检验出少许烟灰，眼皮处有"褶皱现象"，通过这些可以判断被害人在被焚烧之时仍然活着。根据胃中最后一餐食物的消化程度判断死亡时间约为18日下午至午夜。死者生前曾被捆绑，身上无明显伤痕，直接死因确定为烧伤致死。

接着是侦查员高鸣介绍现场勘查情况，案发地是一处废弃已久的烂尾楼，根据周边环境勘查，确定此处为案发第一现场。楼外空地本来是易于留存证据的泥土，但由于前一日下过大雨，痕迹遭到冲刷，如今只留有三个孩子当日玩闹的鞋印，现场没有采集到其他人的指纹和鞋印，无法进行有效对比。现场的血迹属于死者本人，没有搏斗痕迹，猜测是被捆绑挣扎时留下的。现场有一只空油桶，型号是最普通的款式，上面同样没有任何指纹、商标。现场的土壤中筛查出了两根毛发，属于近几日到过现场的拾荒人员，经查确认与案件无关。

"死者身上没有证件，也没有手机，衣物残片未能检验出特殊成分，鞋子也是极为普通的款式，没有独特商标可以比对，因而目前无法确定死者身份。不过刚刚城北分局打来电话，说前几天有个女人来报案说自己儿子失踪了，性别、年龄与这具尸体都相符。我们已经给女人打了电话通知她来局里，后续会安排她进行DNA采集，如果DNA比对相符，尸体身份就能确定了。"

徐锐继续补充道："还有，凶手选在这么偏僻的地方杀人，很可能有运输工具的。技术部门正在对附近道路监控对比分析，这个需要一些时间。"

陈义红赶到南城警局后，是女警叶真接待的。陈义红身份证上的登记年龄只有三十六岁，但如果看外表说是五十岁也不夸张。她满脸焦急，说自己的儿子名叫陈阳，今年十七岁，四天前离家后一直未归，身上什么都没带，因此并不像是出走，还说了儿子肩部的一处胎记特征。但由于尸体已经烧焦，皮肤表面的胎记起不到什么辨认作用。叶真领陈义红到证物室，让她辨认未被完全烧毁的鞋子和衣物碎片，陈义红看到衣服碎片时摇了摇头，说认不清，但看到鞋子时脸色骤然苍白，站立不住，她想起来这正是儿子失踪那天所穿的运动鞋。技术部门同事给陈义红采了血，又到陈义红家中，收集了男孩用过的牙刷、水杯、头发以及吃过一半的面包，共同送去化验。

接下来就是对家属来说最为残酷的等待时间。化验需要到第二天下午才能出结果，可陈义红第二天上午就来了，还不停地催问、哭泣，叶真只好在一旁不断安慰。

"别哭了，现在担心也没有用啊。"叶真给她接来一杯水，"一切还要等检测结果出来，你现在先不要多想。"

"那种运动鞋，也挺多的对吧，不一定是阳阳，不一定的……对吧？"

"是的。大姐，款式其实挺普通的，我们还是耐心等结果出来吧。你吃点什么，我一会帮你打个饭。"

"我只有这一个儿子啊，阳阳，你千万不能出事……阳阳……"

嘴上说运动鞋的款式普通，但叶真根据办案经验，知道没有那么多巧合，性别年龄失踪时间都对上了，很大可能死者就是陈阳。她开始同情眼前这位母亲。

下午一点多，检验部门通知鉴定结果出来了，叶真立即接起电话，得知从尸体中提取的DNA与陈阳的头发、牙刷中提取出的完全一致，且与陈义红的DNA也比对成功。

那位母亲要心碎了，叶真于心不忍，并且这个噩耗还要她亲自转达。

陈义红得知结果，果然接受不了，当即痛哭起来，浑身都不住颤抖。即便是看过报告，还是满脸泪痕地询问报告有没有可能出错，不断要求再做一遍，直到警察告诉她这已经是两个鉴定师做出的结果。

"阳阳——"

由于哭得太过剧烈，一口气没喘上来，陈义红软软瘫倒在地。

死者身份确认后，南城警局立刻展开调查，当天傍晚，徐锐、高鸣回来时，立即把队里其他人员召集到一起。

"有重大发现。"徐锐说。

"发现了什么？"大家纷纷凑过去，"凶手有眉目了？"

"那倒不是。我说的重大发现，是指这个死者陈阳，他的身份可相当特殊，曾在三年前改过名字，知道他原名叫什么吗？"

同事们纷纷摇头。

"难道是个名人？"下面有声音问道。

徐锐点点头，眼神扫过全体同事，严肃说道："还真是很有名，不过不是什么好名声。死者曾用名：吴昭。"

徐锐迅速将手中的资料投影到大屏幕上。

"这是平州2018年的新闻，那年当地发生了一起性质恶劣的劫杀案，嫌疑人吴某劫杀一位女医生，劫得钱财后将受害人捅死，藏入车子后备厢。但因吴某犯案时只有十三周岁，在当时未达到刑事责任年龄，平州警方未予起诉。"他停顿一下，继续道，"这个吴某就是吴昭，也就是我们案件的死者——陈阳。"

"啊，我想起来了。"一位年轻刑警激动地直拍桌子，"当年那起案子引发了网友激烈讨论，大家都在呼吁降低刑事责任年龄。终于在去年发布了《刑法修正案（十一）》，将刑事责任年龄下调至十二周岁。"

"对，吴昭当时因为未满十四周岁，法律无法制裁他，我们只能眼睁睁看着他被父母领回家，如果放在今天他根本就跑不了。没想到他后来改了名字，一开始我根本没有想到这种可能，陈义红也没主动提供信息，还是高鸣细心跑了趟户籍科。"

"这么看来，这次的案子会不会是当年的受害者家属寻仇呢？"一位经验丰富的刑警问道。

"是有这个可能性的。"徐锐继续解释，"纵火可能是为了掩盖死者身份、死因或试图销毁第一现场的证据线索；也可能是出于报复、愤怒。本案受害者直接死于深度烧伤，手脚被捆绑，死亡过程非常痛苦。这是直接以杀人为目的的纵火，所以第二种报复、愤怒的可能性极大。而且之前通过社会关系排查，发现死者三年前来到南城后，没有任何朋友。死者除了四年前的案子，并未与其他人结仇。我们找平州警方要了一份当年案件的基本资料，当年处理案件时，与警方交涉的是受害者的女儿和外公外婆，老人当时已经七十多岁了，女儿孟玥当时是大学生，此案得去平州了解情况了。目前调查到的信息就这么多，先散会吧。"

南城警局在得知陈阳身份后，立即调取死者居住地周边监控,试图找到死者最后的活动轨迹,但目前还没有什么发现。而烂尾楼附近不要说监控,连交通信号灯都未启用,只能继续扩大监控的调取范围,这也给调查造成不小阻力。

南城方面就此案件联络了平州市警局,平州警方表示可提供当年劫杀案案卷以供研究。省局也立即下达任务,由南城市局成立"7·20专案组",专案组组长由徐锐担任,同时平州警方抽调人员协助。

而徐锐在局长办公室还没汇报多一会儿,高鸣就敲门进来说:"局长,徐队,那个陈义红又来了。"

"陈义红?她有什么新情况反映?"

"她说她知道凶手是谁。而且她情绪特别激动,不肯和我们交流,点名要见'管事儿的'。"

"去吧。"局长挥挥手说,"听听她说什么。"

徐锐出了办公室,深呼吸一口,整理好思绪才去见人。陈义红被安排在一间小休息室,高鸣进门时,本来低头发愣的她立刻站了起来。

"这是我们徐队。"高鸣介绍,"你有什么话,现在可以说了。"

"徐队长,警察同志,我知道是谁做的,我知道谁杀了我儿子！"她神情焦急、动作幅度大，上来就扯住对方衣袖，"你们快去平州抓人啊！那个人叫孟玥，平州人，是当年那个医生的孩子。阳阳当时还小，不懂事，错手杀了她妈妈，现在肯定是她找阳阳报仇来了！警察同志，我不明白啊，警局让我们把阳阳领回家，证明我的孩子已经无罪了。因为当年那件事我们已经背井离乡，从平州躲到南城，为什么她还不肯放过我们母子！为什么非要弄死我儿子！"

这一番混杂着鼻涕眼泪的说辞让在场的刑警观感复杂，一方面确实同情这个痛失独子的中年母亲，但是鉴于死者所犯下的罪行，陈义红这一番概念偷换也真是令人反感。陈阳没被起诉只是因为当时的法律还不完善，并不说明他就是无辜的。

况且根本不用陈义红提起，专案组早已有了去平州的计划，但这一点对陈义红警方不能透露太多，只是告诉她一切都在按照侦查程序推进。陈义红听完解释还是不走，有椅子不坐，瘫在地上声泪俱下地控诉这两年多的种种遭遇。说儿子被释放后，即便逃至南城，孟玥也一直追着不放。

"你是说，这些年你们的性命一直受到威胁？"徐锐追问。

"是，一开始她把阳阳的照片放在网上，所有人都来骂他，骂我们全家。我们在老家实在过不下去了，才搬来南城，但还是每天提心吊胆的，就怕那一家子追过来。"

"你能不能具体描述一下，受到了怎样的威胁，又怎么能确定是谁在威胁？"

"我没证据，我指证不了，但我们阳阳就那一个仇人，不是她还有谁？啊，阳阳，我的阳阳……"

陈义红就这么断断续续地哭了半小时，什么有用线索也没提供，最后还是叶真叫了辆车把她送回家了。

送走陈义红后，徐锐才有时间看一眼自己的手机，局长已将平州公安联络人的姓名、电话发了过来，居然是古尧。当年二人在警校是相熟的朋友，但是后来工作在不同的城市，联系渐渐少了。

由于此案需要跨区域取证，徐锐带上了高鸣和叶真。高鸣三十岁，谨慎专业，是自己手下的得力干将。叶真二十七岁，胆大心细，同时具备必要的沟通技巧和适当的亲切感，嫌疑人是女性的情况下，带上另一个年纪相仿的同性过去，询问效果会好很多。三人第二天一大早就乘坐高铁出发。

到高铁站集合，还在候车室内，叶真就对高鸣悄悄说：

"虽然还没见到本人，但我有种感觉……就算陈阳是因为四年前的案子被杀，孟玥可能也不是动手的人。"

"为什么？"

"推理啊。"叶真把行李箱推到一边，认真分析道，"死者为男性，能把他活着弄到烂尾楼，可不是一般身手的女性能一个人完成的。所以她要么是有帮凶，要么是买凶杀人。而准备了四年的复仇，凶手一定已经把自己的不在场证明准备得十分完备，所以我倾向于第一次询问问不出什么，还是得从社会关系查起。"

"你说的算是一种可能性，但还是忽略了一点。"高鸣提出另外的假设，"别忘了死者身高一米七，体重较轻，另外尸体腰部显示出电击痕迹，如果是强壮些的女性未必没有办法独立完成。还有，雇一个杀手不是那么容易的。而且从犯罪心理学角度看，有些罪犯为了达到目的，亲眼看着被害人痛苦挣扎，为的就是一种泄愤的感觉。"

"为了复仇冒这样的风险会不会太蠢了。"叶真坚持自己的推测，"我还是倾向于不是本人做的，因为动机也太明显了。"

"人家或许就是这么想的，就像最危险的地方就是最安全的,也许过于明显的动机和没有动机一样安全。"

"好了,你俩能不能先安静会儿。"站在旁边的徐锐打断两人,"没有见到嫌疑人之前,最忌讳胡乱猜测。见到以后,你们再这么积极观察分析,别给我拖后腿啊。"

"收到!"两人同时闭上了嘴巴。

平州位于南城东北方向,作为省会,经济较南城发达许多,尤其主干道高楼林立,道路宽敞,夜景更是辉煌,颇有大都市气派,还拥有省内唯一一所211院校平州大学,也正是嫌疑人孟玥之前就读的学校。而当年其母亲就职的平州市平安医院,是一所集医疗、教学、科研、康复为一体的综合性医院,有四大院区,是市级三甲医院中比较综合的医院。

大约一个小时后,列车抵达平州,三人刚刚出站,就看到一个举着分局名牌的高大小伙儿等在出站口。

"各位好,我叫刘毅宁。"小伙儿看了一眼,徐锐和高鸣都是一个双肩包,只有叶真是行李箱,立刻接了过去,"我们古队上午有个会,走不开,特意交代我来接三位,已经定好平州宾馆,一会儿我先带你们去放行李。你们吃早饭了吗,要不我先带你们去吃早饭吧。"

刘毅宁看上去有一米九，身形相当壮实，叶真的行李箱在他手里就像公文包。

"我们在车上吃过了。案情紧急，我们直接去局里看当年的案卷，别的安排就免了。"

刘毅宁一口答应，带着徐锐三人走向停车场。

路上，四人简单地聊了聊案子的基本信息，交流线索。

"毅宁，当年那起劫杀案，案情复杂吗？"徐锐问道。

"那个案子的重点在于凶手的年龄，但实际上案情本身并不复杂，当时的调查也是很快就锁定了真凶。要说有什么特别的话，那小孩儿本来是计划焚尸灭迹的。我们当时是从附近加油站的视频里排查到的他，他杀人后拿着现金去买汽油，人家看他既没有车，又是小孩模样，怕出问题，才没有卖给他。"

叶真皱着眉头和高鸣对视一眼，这样看来，"7·20焦尸案"和四年前的死者在死亡状况上是有关联性和相似度的。

"死者魏玲，案发当天是去开发区的新院区办事，新院区位置较偏，还没有正式开诊，所以并没有病人，工作人员也很少。魏玲离开医院时是晚上7点，天已经黑透了，整个停车场就剩下她那一辆车,目标非常明显,就这么被吴昭,也就是本案的死者陈阳盯上了。"

"吴昭趁她打开驾驶座车门时,打开车后座的门坐了进去,直接拿刀抵住魏玲脖子,胁迫她往郊外开,最终在实施了抢劫勒索等行为后,将被害人杀害。

"对了,第二天家属过来辨认尸体,有个事情我印象很深。死者的女儿辨认完之后,用手机拍了照片。"

"拍照?"徐锐来了兴趣,"对着遗体?"

"对,当时我都蒙了。怎么说呢,停尸房倒也不是说不让拍照,只是从来没人那么做过,毕竟尸体它……还是有点恐怖的。我当时是觉得那女孩有可能伤心过度,做出了反常的行为。"

这个细节让徐锐对孟玥更加好奇。这姑娘,怕是真的不太一般。

"案卷我们到了局里就能看吗?"

"当然,全都准备好了。"

"嗯,多谢。"

车子刚刚停稳,一个女警从楼梯上走下来。

"来了。"女警笑着说道。

"是啊,好久不见。"徐锐看向对方,对方的样子一点没变。

"案卷已经准备好了,跟我来吧。"

几人来到局里的会议室。此时案卷文件夹已经放在桌上,有了刘毅宁刚刚的铺垫,徐锐对眼前这叠资料充满好奇。

翻开封皮,首先夹在第一页的,是死者魏玲生前的照片。

魏玲,女,五十六岁,平州平安医院精神科主任、副院长。

照片上是一个天庭饱满、气质出众的中年女人。她脸型微圆,皮肤白皙,杏眼,短发微卷过耳,梳理得一丝不苟,眼神温和但不失干练气场。

古尧说:"她在平州医疗系统非常有名,20世纪90年代就有留美学习的经历,业务好形象佳,既有原则又不死板,听说有付不起诊疗费用的困难患者,她还会不同程度帮着申请减免费用。光是患者送的锦旗就有一屋子呢。"

一旁的叶真惋惜感慨道:"太可惜了。"

"是的,我们走访她生前的工作单位,不管是同事还是患者,都对她交口称赞,说她不仅是个好大夫更是个好人。我们走访过程中,有好几个同事都掉眼泪了,很多患者给她送花，堆满整个诊室，那都是骗不了人的。还有的患者不知道魏医生去世了，专门过来复诊，唉，真的可惜。"

卷宗里还夹着几张现场照片，其中还有被劫持的车辆，那是一辆漂亮的红色跑车。

"对了，因为这辆车，死者女儿还特别自责。"

"什么意思？"

"死者本来开着上下班的是一辆品牌和颜色都相对低调的车型，案发前几天出了故障送去修理，那几天就借了女儿的红色小跑，她女儿觉得，或许因为红色跑车太招摇了，自己母亲才被人盯上。"

"那倒不必，这不成了受害者有罪论吗？"

"我们也是这么开导她的，但那姑娘还是想不通，总怪自己。"

案卷里面还有吴昭的身份信息，讯问笔录，骨龄测试报告等。最后是一张不予起诉决定书，颇为刺眼。

"不予起诉书送达以后，死者女儿有没有什么反应？"

"非常激动、愤怒。她不相信司法鉴定中心出具的骨龄鉴定，一定要找私人机构重新检测。不过刑事案件，肯定不会用她找的外来机构的，那姑娘做这些也都是徒劳啊。眼看公诉没希望,她就找了写手在网上发帖,市里的新闻报道是不会透露未成年犯人真实姓名的,但很快网上就什么都有了。吴昭的姓名、住址、身份证号、照片,连父母的手机号都有,全得很。"

难怪陈义红说在平州活不下去,徐锐心想。

"你们没有孟玥的照片吗?"徐锐将案卷翻到底部,没看到什么照片。

"没有。不过一会儿就见到真人了。"古尧说,"一会儿我们一起去,四年前就是我和毅宁联络的她,也不知道她还有没有印象。"

与孟玥的见面约在下午3点30分,地点就在她所居住的公寓,西悦华庭4栋1801。那是市中心的高档公寓,紧邻学校、医院和购物中心。下车之后,几人怎么也找不到小区大门,问了路人才知道要沿着眼前的内部道路往里走,左拐入一条郁郁葱葱的小路,才豁然看到几栋高层。在花草树木的掩映之下,小区的确是闹中取静。

一进入小区大堂,便看到物业处存放着整整齐齐的写好门牌号码的快递,每一栋楼的专属管家喷洒消毒水后,用推车送至每户门口。

"这小区真漂亮，物业也周到，她挺有钱啊。"叶真不禁感慨。

徐锐等人在物业管家的带领下，按下 1801 的门铃。

"喂？"对讲机里传出一个年轻女孩的声音。

"你好孟玥，我是古尧，我们到楼下了。"

"哦，稍等。"

管家刷过电梯卡，到达 18 层后，东户的房门打开了。

"你们好，在这边。"

孟玥走出来，客气地请他们进屋。

客厅很大，与餐厅连在一起，正对门处长长的走廊连接着几个卧室。墙壁刷成淡淡的蓝色，装有猪肝色的护墙板，房间显得干净通透。圆形的小餐桌上摆了只玻璃花瓶，一束漂亮的玫瑰花插在瓶里。

"我先介绍一下。"古尧指着另三人说道，"这是南城市警局的刑侦队长徐锐，这两位是南城警局刑警叶真、高鸣。"

打过招呼，徐锐迅速端详，眼前这姑娘目测一米六五左右，身材匀称，穿一件米色宽松 T 恤，粉色家居裤，乌黑长发扎成一个低马尾，说不上漂亮，但是文静大方。他努力回忆案卷中魏玲的照片，和妈妈相比，母女眉眼是相似的，但女儿的眼神清冷一些，没有母亲那种大气、博爱的味道。

"随便坐吧。找我有什么事吗？"她去厨房端来水壶，给几人倒上白开水。

"哦，也不是什么大事。"古尧首先开口，拉家常似的说道，"就是徐队长有些问题想问问你。"接着示意徐锐可以开始询问。

徐锐注意到沙发边几上放着打开的笔记本电脑和一些文件，随即从这里切入问道："今天没上班？"

"你们不是过来吗，就请了个假，但活儿还是得做。"

"嗯，那你是工作日上班，周末休息？"

"对。"

"那么这个星期一呢？也在上班？"

"星期一？当然上班，星期一的事情最多。"孟玥尴尬笑笑，"可是，您问这个问题，是想得出什么结论呢？"

徐锐听后，从公文包中拿出陈阳的照片递过去，问："认识这个人吗？"

孟玥接过照片，端详了几眼后，眉头轻轻皱起。

"这个人——"她求证似的看看古尧，又看回徐锐，"很像是当初害死我妈妈的那个人,是叫……吴昭?"

"对,这是吴昭。"

"真是他吗?"孟玥的脸上瞬间笼罩上一层难以抑制的厌恶,"你们给我看他的照片干什么,是现在能判他刑了,还是他又杀人了?"

"你最近见过他吗?"

"怎么可能,他在哪我都不知道。况且这张脸,我也实在是不想见。他怎么了?"

"就在几天前,他死了。"

"死了?"孟玥眼睛明显睁大,"怎么死的?"

"是被人谋杀。法医证实死亡时间是7月18日。"

"这就死了,真好。"孟玥低头喃喃自语,将这个"真好"念了好几遍,却又忽然反应过来什么似的,猛然抬起头来,"不过,他死了,你们却过来问我。你们是觉得我是凶手?"

"啊,当然不是这个意思。"徐锐立即解释,"我们只是过来了解一下情况,这只是我们对死者社会关系的常规排查,一切与死者有关的人都要询问。"

"我不知道是谁杀了他,如果有机会真想对那个人说声谢谢。"孟玥端起杯子喝了一口水,"我也不瞒你们,我妈妈刚没的时候,我是真的很想弄死吴昭,所以我曝光了他的身份信息,找写手发过帖子声讨,就是要让他们一家上学的不能上学,上班的无法工作,事实也证明这么做确实有用。可后来那一家子忽然找不到了,我打听了好久才知道,他们全家都从吴家村搬走了,那之后我就再也没听说过任何跟他有关的消息。"

"你的意思是,完全不知道他搬去哪里?"

"我完全不知道。"孟玥摇头叹气,"所以什么法子也没有,只能先过好自己的日子。过着过着,也就这样了。"

"既然这样,你再细说一下18号,也就是上个星期一的行程吧,我们记录一下。"

"我不是说了我在上班吗?"

徐锐提高音量说:"孟玥,你最好是再仔细地想一下18号自己都去了什么地方,见了什么人。我们现在还客气地向你问话,但如果你不愿意配合,我不介意把你带到讯问室里,认真审一审。"

"好吧,我想想。"孟玥显然是被徐锐震慑到了,立马调整坐姿靠在沙发上,查看一眼手机日历,"18号是周一,工作日我一般是早上 8 点左右出门去公司,中午 12 点午休,我和同事去了欢乐城三楼吃的日料,吃完饭稍微逛了一下,下午 2 点回到公司接着上班,下午 5 点钟左右下班直接回家了,没有再出去过。"

"那天你肯定自己没有离开过平州?"

"肯定没有,我已经很久没有出过市了。"

"你的公司在哪里?"

"恒泰大厦。"说着她走到门口,在自己的手提包中翻找了一下,拿出一张名片递给徐锐,"你们可以去问我同事,小区和大厦车库入口的监控也能验证我说的。"

徐锐接过名片,说:"谢谢你的配合。"

详细问完,一行人便起身离开。临走前古尧提出借用卫生间,孟玥为她指了其中一个客卫的方向。

走出单元后,几人又来到物业办公室询问监控的情况。

等待的空隙,徐锐问道:"刚刚你们什么感觉?"

"从语气神态上看,没有明显的紧张、害怕,逻辑方面回答得也挺严丝合缝的。如果她真的是凶手或者参与了行凶,那她的心理素质可真不错。"

"你觉得呢?"徐锐又问向高鸣。

高鸣回答:"神态放松不代表说的话就是真的。"

"你四年前就跟她接触过,应该最有发言权,你觉得她有什么问题吗?"徐锐最后询问古尧。

"我不想现在做判断,还是先看过小区的录像再说吧。"

说到这儿,管家也过来了,徐锐便询问道:"1801的业主是自己住吗?"

"对,我在4栋当管家四年多了。"这管家方脸,年岁不小,神情中透着热情和机敏,"她家以前是姑娘和妈妈一起住,还有家里的保姆,这两年一直是自己住了。小姑娘嘛,力气小,大件快递都是我帮着拿上去,家里东西坏了也是我帮着喊物业去修。"

"有没有什么人常来找她?比如亲戚,朋友,男朋友?"

"我感觉是没有,男的女的都没有,因为我天天都坐在楼下,上下楼的人都熟悉得很,哪家来的亲戚,谁家的对象,我全都有印象,但1801真没什么人去。"

几人视线对到一起,心想这物业管家确实挺靠谱的。

"小叶,高鸣,你们跟着管家去保安室调个监控。我和古队去一趟孟玥的公司。"

"好。"两人齐声答道。

## 第二章

## 完美不在场证明

整个小院从门口开始,堆起高如小山的垃圾,一直延伸到客厅的玻璃门前。发霉发馊的剩菜和屎尿味道令所有人捂住口鼻,即便戴着口罩也挡不住阵阵反胃。

孟玥的名片显示,她在恒泰大厦十楼的一家传媒公司上班,主要负责页面运营。这是一家只有二十几人的小公司,公司门口有个前台,左手边是经理办公室和一个小会议室,其他所有员工的格子间把右边的五十平方米占得满满当当。孟玥是平州大学毕业生,又是如此家境,找到这种工作实属一般。

徐锐和古尧来到公司,表明身份后被请进会议室,公司经理十分配合。

"我们公司是打卡制度,请假都有记录的,我给您查了,18号孟玥没有请假,确实是来上班了。大厦门口有监控,每层楼也有一个,您二位还要看看吗?需要的话我找保安给调出来。"

徐锐点头，两人随后到保卫室查看监控。屏幕显示 18 日早晨 8 点 25 分，孟玥开车进入办公大楼停车场，下车后乘坐电梯至十层办公室。中午 12 点 08 分与同事开车外出，2 点 06 分返回，下午 5 点 12 分开车从大楼离开。视频分辨率高，孟玥面部无遮挡，可清晰辨认。

"如果需要我们也可以给您拷贝下来。"经理说。

"那就有劳了。"

"哪里，配合二位警官工作嘛。"

"孟玥平时工作做得怎么样？"徐锐继续问道，"积极吗？"

"做得还算不错，毕竟是我这学历最高的员工。"

"人际关系呢？和谁走得比较近，或者和谁关系不太好？"

"都相处挺好的，这姑娘事少，不矫情。至于和谁走的近……都是普通同事关系，想不出特别近或者关系不好的。"

"那么她最近有什么异常吗？或者公司外面有没有什么人找过她？"

"异常应该也没有，外面的人就更没有注意过。"

"经理，她结婚了吗？"古尧突然换个思路提问。

"我记得入职时资料填的是未婚。"

"那有男朋友吗？"

"这个不清楚了。反正她没有主动说过,员工的私事,我也不好多问。"

询问结束,徐锐还特别交代经理将今天的问话保密,说只是一般的确认性工作,不希望影响孟玥的正常上班。

"好的,放心,明白。"

走出大厦后,古尧说:"你既没提她母亲的事,也没提焦尸案。"

徐锐点头,说:"每次去嫌疑人单位或者亲属家里求证,我都特别头疼,既想得到真话,又怕给人带来议论,尤其是一些事多嘴碎的大爷大妈。我要是说,有个命案,来调查孟玥的不在场证明,这公司她还能待下去吗?"

"真的是对所有嫌疑人都这么周到吗?还是只是对她?其实你打心眼里不希望是她干的,是吧?"

徐锐一愣,并没有否认。

"当年那起案子我关注过,同情她的遭遇。如果她真的是凶手,的确令人痛心。就是感觉……不该让一个年轻姑娘陷入这么极端的境地。"徐锐说道,"你这也算是提醒我了,警察办案不应该带入私人情感,我之后一定注意。先把监控录像送回警局吧,很快就知道视频有没有动过手脚。"

第二章 · 完美不在场证明

回到警局，两人将拷贝下的监控录像交给技术部门，徐锐看表，已经是晚上10点了。

"终于有点时间了。"徐锐一身轻松，"请你吃个饭吧。老同学一场，这么多年没见了。"

"请我？你来平州是客，应该我请你吧。"

"哈哈，走，先上车再说。"

第二天一早，徐锐接到古尧的电话，孟玥所居住的小区和其公司的监控录像分析结果已经出来了，最终判断视频并没有剪辑和覆盖的痕迹，视频内容清晰可靠。孟玥所说的上班情况属实，且通过对车库、单元楼的监控对比，也能确定她晚上并未出过家门。全天都在平州的孟玥，是怎样也无法在百里之外的南城行凶的。

徐锐几人对这个情况已经有所准备，得到这个结果并不算失望。但这并不代表孟玥的嫌疑已经解除，虽然排除了孟玥本人亲自动手的作案嫌疑，但她仍然存在教唆杀人、买凶杀人等可能。

接下来便是调查其基础社会关系，警方根据通话记录和聊天记录，发现孟玥的生活很是简单，社交圈子比较封闭，没有什么亲密朋友，日常交往比较频繁的也不过就是物业、同事、一两个邻居。调取了孟玥三个月内通话记录与微信聊天记录后，专案组根据记录一个个查证、询问，其中大部分都是同事、快递员、外卖员，至于走往的亲属，只有她的外公外婆。

当天晚上，徐锐安排了高鸣和叶真继续在平州调查孟玥的过往和人际关系，看看有没有什么他们忽略掉的线索。而他自己只身回到南城，一是打算跟南城专案组的其他成员交换信息，二是他想要重新询问一次陈阳的母亲陈义红。

徐锐乘坐最后一班高铁回到南城后，并没有回家，而是打了一辆出租车直接回了局里。他在值班室冲了澡，随后端着一桶刚泡好的泡面径直走进了自己的办公室。他拿着白板笔站在一块大白板前，通过回忆在平州看过的案卷、回忆古尧对当年侦查过程的讲述以及和孟玥的接触，再次梳理四年前的案件全貌。

2018年，孟玥在平州大学哲学系读大二，母亲魏玲是平州平安医院的精神科主任、副院长，主攻抑郁症、孤独症方向的治疗。孟玥父母于多年前离异，父亲定居德国后在当地组建了新的家庭，不过这么多年都在支付抚养费。而且魏玲除了基础工资，也经常外出讲座和参加学术交流，额外收入颇丰，孟玥自小过得相当富裕。

那年寒假，孟玥拿到驾照，魏玲承诺给女儿买车，品牌和颜色全由孟玥自己选定。孟玥自己挑了一款外形经典的红色四门跑车，很适合年轻小姑娘开。之后魏玲的车子送去维修，便借女儿的车子开了几天。

当时平安医院在东郊的新院区刚刚建好，周围配套设施尚不完善，到了夜晚四周更是人烟稀少，停车场的监控也尚未开始使用。魏玲走到车门边时天色已经黑透，因此并没有注意趁着她打开车门时，从角落里窜出来的陈阳。按照陈阳后续的口供叙述，当时他看到魏玲一个女人来到停车场，他觉得有机会，于是趁对方不注意迅速拉开后排车门进入，并快速用一把水果刀抵住魏玲脖子，命令她向更加荒凉的郊外开去。

魏玲吓坏了，本能地按陈阳说的去做，但很快就发觉对方只是个瘦弱的孩子。她的职业让她沟通过很多青少年，习惯了从心灵的泥潭拉人上岸之事，总想再多救一个。当时天色虽晚，但开往郊区的路上并非没有其他车辆，如果有心刚蹭或制造追尾，说不定魏玲是有机会获救的，但她却选择试图拯救这个误入歧途的孩子。她不但放弃求救机会，全程配合地开往远郊，还在陈阳抢走银行卡并逼问密码的时候出言提醒 ATM 机上有摄像头。

那一瞬间，陈阳或有退缩之意，拿着银行卡的手有点微微颤抖，另一只握着匕首的手已稍稍松开，但这时魏玲的手机铃声突然响起，陈阳受惊，眼中的凶光瞬间外露。他立即夺过手机，命令魏玲停好车后将其拖出车子，见四下无人，便杀了她。眼看魏玲渐渐没了气息，他又起念一把火毁尸灭迹。于是他先将尸体放入后备厢，然后拿着魏玲的手机打算用里面的支付软件购买汽油。没想到加油站的工作人员担心他一个小孩拿着汽油有危险，拒绝了他。他发现无法购买汽油后，索性直接回了家。

尸体第二天就被发现，经法医解剖，证实魏玲死于失血过多。女儿孟玥先到警局认领尸体，后事是魏玲的父母操办的。

案发后，警方当即成立专案组，很快发现车辆安装了行车记录仪，由于记录仪只录有单向公路画面和犯罪嫌疑人的声音，并未拍摄到长相。但警方从附近的监控中发现了陈

第二章 · 完美不在场证明　　[ 047 ]

阳,根据衣着继续摸排,两天便将他顺利逮捕。

陈阳一开始并未认罪,问什么都说一概不知,哪怕是警方当面播放行车记录仪中的声音,他也还在狡辩,说没人能证明那是他的声音。后来警方在他家中院子的一棵树下搜出魏玲的手机以及银行卡,他才全部招供。

在事实无误的前提下,年龄就成了是否承担刑事责任的决定性因素。

陈阳身份证上的年龄显示其已满十四周岁,但其家人主张,当年为了让儿子早点读书及成家,报户口时将年纪故意报大了,实际年龄比身份证要小整整一岁,并称许多村民都可以做证。由于农村普遍存在修改年龄的行为,公安机关相继走访镇医院、村委会、当年上户口的派出所等,结合询问村民的证言,发现陈阳的出生年份的确和户口上所填报的不符。陈阳被带去公安机关合作的司法鉴定中心进行鉴定,拍摄其手部 X 光片,观察手掌指骨、腕骨及桡尺骨下端骨化中心的发育程度来确定骨龄。结果出来后,的确是未满十四周岁。

还有一个细节令徐锐印象深刻。听古尧说,在等待骨龄鉴定的羁押过程中,陈阳的态度发生了重大转变,一开始虽知道自己不满十四周岁,但不确定是否严格按照身份证年份起算，还有点担心和畏缩，后来知晓公安机关采纳实际年龄的事实后，知道自己很有可能不会被判刑，便放下心来。

讯问过程中，刑警问他："在受害者已经配合的情况下为何还要杀人？"

他摇头晃脑，十分无所谓地说："那个女人要是真的担心我被 ATM 机拍到，就应该自己去把钱取出来拿给我。而且她已经见到我的脸了，我不能给她后面指认我的机会。"

法律制裁不了，好在道德与舆论还起作用。劫杀案件轰动平州全城，本来就是纸包不住火，孟玥又将还未改名前的吴昭的信息全部贴在网上，姓名、年龄、住址、照片，全部曝光，使得他们一家在村子里遭受排挤。警车送吴家人回村的那天，入村小道静悄悄的，偶尔有几个村民也只是来回张望不说话。车子开到吴昭家门口时，警察才发觉他家大门虚掩，且门锁已被锯断。推门而入后，看到整个小院从门口开始，堆起高如小山的垃圾，一直延伸到客厅的玻璃门前。发霉发馊的剩菜和屎尿味道令所有人捂住口鼻，即便戴着口罩也挡不住阵阵反胃。

看来村民们几乎是集结所有力量，把能找到的垃圾都倒在这里了。

　　吴昭父亲呆立一旁，沉默不语，母亲陈义红立即开始号啕大哭，拦住警车不让离开。警察大概明白是怎么回事，也看到吴家确实没有居住条件，只好在请示过后又用警车将其一家三口送回招待所。

　　最后的情况是，虽然吴家院子最终被清理干净，吴家人却是再也不敢住了。镇政府也只得继续延长他们在招待所的居住时间，可这也不是长久办法。又过几日，吴昭居然问，自己什么时候回学校上课。得知无法在原来的学校继续读书，吴昭竟然露出诧异神色。

　　"为什么不让我上学？"他问得如此理直气壮。

　　满腔怒火的吴父随手抄起一个木制板凳就打过去，他是真用狠力气，板凳落下后凳腿的木块都碎裂弹飞起来。吴昭第一下躲开了，吴父拾起凳子还要砸，还是陈义红反应快，立刻冲过去把板凳抢过来。

　　"你怎么下手这么重，他已经知道错了！"

　　"知道？他知道个屁！他可是杀了一个人啊！我现在就把他打死，给人家赔命！不然他今天能杀别人，改天就能杀了你，杀了我！"

"那是你亲儿子！他做错事，你就没错吗？你要是平时多管管他，他能犯错吗？"

"我最大的错就是生他，我真是错了！"

再之后的事徐锐就十分清楚了。虽然没有了类似撬锁、倒垃圾等事件，但村民躲避瘟神一般躲着吴家人，走在路上见到这家人都绕道好远。超市不卖给他家东西，餐馆压根儿不让他们进去，就连理发店都坚决不做吴家的生意。

之前和吴昭一起玩的孩子们，更是被严厉教育不准与吴昭有任何接触，孩子们平日再调皮打闹，也怕杀人犯，纷纷疏远吴昭。孩子在镇中学上学的家长们写了一封联名信，递交到教育局，说是绝不允许杀人犯和他们的孩子们一起读书。

但由于吴昭毕竟还在义务教育范围内，不让他读书又说不通，因此相关部门将吴昭的问题上报至平州市政府。市政府经过多次讨论，对吴昭的后续处置商讨出了一套完整的方案，且出于保护未成年人的考虑，安置城市和具体安置方案不对外公布。

就这样，吴昭父母带着儿子去了南城。陈义红反思自己，认为是自己多年外出打工才使得儿子缺乏关爱，犯下大错，因此决定不再外出，而是留在儿子身边亲自教导，坚信儿子可以改邪归正、重新做人。吴父则一直无法接受儿子是杀人犯的事实，来南城后不到一个月就不见了人影，说是外出赚钱，实际就是离家出走。开始的半年他还断断续续转些生活费回来，偶尔问上几句，后来生活费就像断线风筝，彻底没影了。

在了解了四年前的案件细节后，徐锐将调查重心放回了陈家母子以及两人的社会关系上。

单看这位母亲，徐锐是有些哀其不幸的。陈义红今年不过三十六岁，但半旧的衣衫与蓬头乱发下，是一张明显经历了多年辛苦劳累的脸，脸上的全部纹路都向下拉扯着，仿佛地面要把她吸进去似的。

四年前由平州迁来南城后，她在七星镇物流园附近租了一间小平房。房子是水泥地面，粗糙简陋，墙壁斑驳。夏天还好，有个风扇算是过得去，冬天供暖跟不上，屋内冷冰冰的，电暖气耗电太大又不能全天打开，很是受罪。

丈夫出走后，无依无靠的陈义红只能一人打两份工，白天去市区一户人家做保姆，照顾老人、收拾家务，晚上回七星镇上还要负责看管物流园，虽没什么难度，却睡不踏实，一个月下来总共到手四千五百块。

四千多的月收入在南城养活一对母子，不算太困难，可人在世上不能只是生存，还要生活。而陈义红没有生活。

她不护肤，不化妆，不社交。洗脸洗澡只用两块钱的香皂，四季衣物总共不超过十件，开线、泛黄、破洞。她饭菜都吃最便宜的，去市场上挑选水果，给儿子买几个新鲜的，自己再从商贩脚边的筐子里拿些部分烂掉的，回家后把腐烂处削掉再自己吃。

脚上的布鞋只要十几块，给陈阳买的却是走线结实的鞋。作为一个母亲，她已经尽了全力给陈阳最好的，满足他的需求。甚至，当初警方搜集陈阳的样本时，还在陈义红床头看到了几本快要翻烂的图书，有心理学方面的，也有心灵鸡汤式的畅销书，内有怎样引导孩子做事做人的文字，重点部分还用铅笔画了线。

陈义红只有初中的文化水平，却能主动阅读这些较为专业、难懂的书籍，可见她对儿子的未来还抱有希望，希望儿子能够改邪归正。她还特意带吴昭去派出所改掉旧名，随母姓陈。可即便在如此积极的氛围之下，陈阳的情况也并未好转。

当初来到南城时，政府已经安排好了能够接收陈阳的学校。在校期间，除了基本的文化课程，陈阳每周还有一次免费的一对一心理评估和辅导。这一切对于曾经犯下杀人罪行的少年，已是对他极为宽容的安排，只要他认识错误、好好表现，是有机会抹掉过去的历史，重新开始的。

据当地村委会工作人员透露，在义务教育阶段，由于有学校管束，老师盯得紧，陈阳的情况虽谈不上多好，但总算是规规矩矩，也还能接受。可一年多后义务教育阶段结束后，陈阳便不肯再去学校，而是每日在家无所事事，暴躁易怒的脾气逐渐突显，情绪捉摸不定。他过不了正常人的生活，也并不悔改，而是混着人生中一个又一个日子。

陈义红对于儿子的管教也颇有问题，或是居高临下，或是故作可怜，或是照搬书籍建议，都没有效果，她也因此变得焦躁、激进，绝望之时也不止一次有过自杀念头，但想到儿子今后将无依无靠，孤独一生，还是为了儿子继续活着。

而她的可悲之处也在于此，她不明白一个根本问题，教育是前置性的行为，具有预防性质，当出现问题的时候再纠正便很难解决了；她不明白教导子女应先着眼于大是大非，而不是在细枝末节处处纠结、唠叨和数落，形成沟通屏障。

案发后，警方向其了解情况时，陈义红一口咬定凶手是魏玲的家人，要求逮捕他们。还说自己带着孩子改名换姓逃至南城，本以为生活就此平静，却不断遭受多次性命威胁，最终还是逃不过孟玥的寻仇。徐锐想起上次在警局里由于情绪激动，陈义红没来得及细说就被请了回去，于是决定亲自去她家一趟，仔细询问。

第二天一大早，在值班室眯了半宿的徐锐来到陈义红之前登记的住址。失去了儿子的她这几天都没有出去工作，每天待在出租屋内以泪洗面。见到徐锐登门还以为是陈阳的案子有了什么进展，得知只是来再次询问，情绪不免低落。

"你再说一下这些年受过哪些威胁，具体一点，是被跟踪，还是有更具体的伤害行为？"

"我想想……第一次是一辆车，第二次是花盆……还有……还有牛奶！"

刚到南城的头半年，这对母子的生活还算正常，可渐渐开始有意外发生。最开始只是一些普通人眼里的"倒霉事"，莫名被扎坏的电动车轮胎，大风天高空坠落差点砸中陈阳的花盆，偶然丢失的晾晒衣物等，因为并没什么数额较大的损失，她都只当作意外事件。可有一次，母子俩正在路上行走，突然一辆轿车向他们冲撞而来，要不是躲闪及时，极有可能受伤。且那辆车子在路边停靠良久，偏偏母子路过时才忽然启动，那是陈义红第一次感到心有余悸。

还有一次，那时陈阳已经不再去学校，每天就躺在床上玩手机，陈义红虽然收入紧紧巴巴，但为了儿子长身体，每天都订一瓶鲜牛奶给儿子喝。每日天还没亮，送奶工人就将每家每户的牛奶放置门口特质的小铁柜子里。陈义红那天出门取奶，刚拿起牛奶瓶，就直觉今天的奶不对劲。仔细查看，发现塑料盖子上有一个小圆点，很像是针孔注射痕迹。将玻璃瓶子倒置过来后，圆点处果然渗出了奶滴。

她吓得立即将牛奶瓶丢掉，疯狂洗手，又检查了屋外放置的其他物品，担心儿子被人投毒，那次之后她把牛奶订购也取消了，只从镇上的小超市购买整箱牛奶放在家中。

陈义红这次说了很多，非常细致，可当徐锐问及当时是否报警时，她又摇头说没有，理由是觉得孩子已经遭万人憎恨，即便报警也没人管。

"所以你既没有报过警，也没有保留牛奶，或者记下冲撞你车辆的车牌,甚至可以说,这些都是你的一面之词?"

"就是她,徐队长,就是那个医生的女儿啊!你没有见过她看阳阳的眼神,我见过,我见过的,她恨不得把阳阳千刀万剐,杀上一万次。凶手就是孟玥,就是她要让我儿子偿命啊。"

"你说的这些我们已经在查了。还有其他的信息提供吗?"

"没有了。"陈义红机械地摇头,"没有其他可能了,一定是她杀了我儿子,没有了……没有了……"

徐锐和陈义红谈了很久,陈义红很多时候说着说着就会情绪激动,徐锐为了避免激动之下对方忘记或者说错一些细节,只能尽量帮着平复、舒缓对方的情绪,因此浪费了不少时间。确认自己将这些信息都记在自己的随身笔记本上,徐锐才离开了陈义红家。

他接着又在镇上转了很久,询问了一些村民,大家都表示是在这次事件后才知道陈家母子以前的事,这之前只认为他们是不爱与人交际的普通邻居而已。

"哪有人害他啊,有也肯定不是我们这里的,谁知道他们家的事情嘛,知道还不躲远远的嘛。"

"惹不起嘞。"

徐锐谢过村民的配合,靠在车门上抽了一支烟,看看天色已经不早,开车回了家。在小区地库停好车子后,他乘坐电梯上楼。打开家门,把钥匙挂在门口的挂钩上,换好拖鞋,想喝口水,拿起水杯才发现里面的茶根还是自己去平州前留下的,已经泡了不知道几天,仍然原封不动放在桌上。

妻子早在几年前就已经带着儿子搬了出去,离婚后两个人至今没有再见过面。自己的工作性质导致和家人聚少离多,妻子一直默默忍耐,直到有一次徐锐为了侦破一起大案,一周都没进过家门一步。再次回到家时,等待着他的只有桌上沉默的离婚协议书。

徐锐自觉亏欠,除了这套早年父母留下的房子外,把家中的存款和后来买的新房全都留给了对方,还在上小学的儿子自然也是判给了妻子。从那以后他便是孤身一人,仿佛把警局当家,回到这里也就是吃饭睡觉,鲜少有其他的娱乐。

越是不愿面对,过往的婚姻细节却不断涌现、膨胀、塞满,徐锐按按沉痛的脑袋躺在床上不知不觉地睡去,再次被电话声吵醒时已是第二天早上。

警局来电,说是有市民来电话,声称凶案那天,在烂尾楼附近看见了可疑人员。徐锐立即起身，晃晃脑袋甩去残余的胀痛，迅速换好衣服，返回警局。

就在徐锐带着高鸣、叶真去往平州的同时，专案组其他警员对死者生前的活动轨迹进行了查证。技术部门通过反复查看监控、分析路线，最终锁定了一辆白色的面包车为可疑车辆。但是车牌登记的信息和监控中出现的车辆信息并不相符，于是确定该车辆为套牌车，因而只能在全城排查同型号车辆。但由于此车型保有量太大，工作难以推进。警方推测，嫌疑人非常熟悉南城郊区的大街小巷，车辆最终驶入无监控区域，自此失去线索。

今早警局的那通电话，是有市民来电表示，案发当夜他送家人去医院看病时，曾开车经过烂尾楼附近，当时看到过一个奇怪的人。他之所以记得这个人的存在是因为当时被什么光亮的东西晃到了眼睛，但因有急事，视线只被吸引过去了一瞬而已。幸好他的行车记录仪拍下了嫌疑人的画面。只见视频中的嫌疑人身着白色连体装，款式类似医用防护服，脸上还戴着防护镜和口罩，全身包裹严实，朝着烂尾楼的方向走去。

第二章·完美不在场证明

那时烂尾楼内还没有起火，推测应该是行凶之前，凶手在作案地点附近观察道路状况。如果再晚一些，说不定行车记录仪还能拍摄到行凶过程。这凶手也真是幸运，早一步行动或许就被人发现了。

犯罪嫌疑人在行车记录仪中只出现了五秒，从入画到出画，防护服装应该都涂有夜光防撞条，但放大、反复细看，这身衣服中没有长条形反光带，本应是反光条的地方似乎被黑色胶带一类的东西覆盖了。

既然专门遮挡了反光条，说明犯罪嫌疑人有意识地避免被路过车辆看到行踪。但是这个人还是坚持穿了这件防护服，是否说明犯罪嫌疑人在选择作案时所穿的衣物选择受限？是经济条件不允许还是说害怕购买行为被发现？

而根据短短的五秒钟视频所能做的分析并不多，只能看出犯罪嫌疑人身高在一米七左右，体重范围因为穿了较为宽松的防护服所以浮动较大，大约在五十公斤到六十五公斤，性别无法确定。但能够确定的是，这个人与监控中孟玥的步态并不相符。

"那么肯定？步态具有唯一性？"徐锐问。

"几乎可以这么说。"专家赵博士解释道，"步态唯一性的物理基础是个人生理结构的差异性。我们每个人的腿骨长度、肌肉强度、重心高度都不一样，再加上不同的运动神经灵敏度，即便是面部受到遮挡，也可以较为精准的识别。但步态的数据收集，毕竟不如面部识别、指纹识别或静脉识别那样有说服力。不过我可以肯定地告诉你，视频中的人，和你们拿过来的小区监控中的人，绝不是同一个。因为步态又分为支撑相和摆动相，支撑相也就是我们的足部接触地面和承受重力的时相，占步态周期的60%。视频中的人，足部的首次触地用力是不太正确的，但你们送来对比的人，行走方式没有问题。"

徐锐对步态分析结果本来也没有抱多大希望，既然不能通过"走路"识别嫌疑人身份，那么就从防护服查起。

防护服的源头制作厂家位于平州，徐锐一通电话交代了还在平州没回来的高鸣和叶真直接去工厂询问。来到工厂，因为提前打过招呼，负责人十分配合，拿出早已准备好的产品图册，指给高鸣和叶真看，图册上的防护服果然和行车记录仪上的是同一个款式。

"这一款我们已经停止出货很久了，而且在当时我们也是不单独售卖的，只提供医院和实验室，市面上买不到。"

厂家负责人十分肯定地回答。

"我想要一份这个款式的防护服从开始生产至停产前的订购单位名单。"

"我去查查订单。"工作人员从电脑中调出订购记录,说,"全国一共有46家医院、实验室订购过这一款防护服,其中平州本地有两家医院,分别是平安和人民,以及六个实验室,名单也都在这儿了。"

听到平安医院,两人对视一眼,这是魏玲生前工作的医院,孟玥想要从母亲工作过的医院拿走防护服不是什么问题。联系了平安医院的采购部门负责人,发现防护服的管理比较松懈,数目并不是那么清楚。尤其两年前医院防护服需求量较大,更是无从查起。

案件到这里又卡住了。徐锐只能一遍又一遍观看行车记录仪中这短短五秒的视频。

"孟玥的经常联系人里,还有没有相似身形的?"徐锐问道。

"她就没有什么经常联系人,我们走访了一下,出事以前还有两三个比较亲密的朋友,出事后全不联系了,现在就是同事们上班见一见。其实这个身高已经把范围缩小了不少，但还是没发现。"专案组成员答道。

两天后，徐锐接到高鸣的来电，他们申请调查孟玥的银行流水、通话记录等信息通过了局里的审批。拿到资料后，他们发现孟玥的手机短信和邮件往来都很正常，通过手机信号追踪和身份信息查询，显示她近几年也并未去过南城。

但是银行流水有明显异常。孟玥在两年内分三次取出了100万元人民币。第一次是在魏玲去世后的第二年提出50万元现金，第三年则分两次提出20万元和30万元。

孟玥当初从母亲那继承了两套房子和不少存款，但她平日花销并不高，这从她的银行流水能看出来，多是吃喝用度的生活必需品，送菜、外卖、网购，一笔笔百元千元的花销居多，很少买奢侈品，并没什么大的花费。孟玥也持有一些股票和基金，但这些投资在近年几乎没有变动。那么这一百万现金用在了哪里呢？

徐锐精神一振，感觉这是孟玥的突破口，终于有理由再次去敲响孟玥的大门了。

第三章 ∨∨∨

恨意

一家四口身体健康，平淡快乐，罗薇曾觉得自己是世界上最幸福的人。可这一切都被今日照片上那个叫孟玥的女人彻底打破了。

会议室内，套着粉色保护壳的手机震动了几下，罗薇点开后发现是私家侦探发来的照片。

罗薇抬眼观察上位，正在发言的主任并未注意到她，于是迅速点击图片查看起来。

之前两周的照片里，基本上都是女孩一个人，公寓、公司、超市、别墅、公园，场景单调而无聊。除了外卖员与物业，几乎没什么人去她家里，但这次的照片中却出现了几个陌生人。

"这都是谁？"罗薇圈出其中一张，发送回去。

"警察，这几个便衣在她家坐了差不多一小时才出来，不知道她是不是惹上事了。"

她再次放大那张照片，里面有四位警察，两男两女，仔细辨认一下，其中一位女警的眉眼罗薇有些眼熟，好像是当年办理魏玲一案的刑警，自己还是在新闻报道上见过那人，另外三个则完全不认得。

警察为什么找孟玥呢？这么多人上门，感觉不是小事，罗薇开始搜索本地新闻，但一番搜索下来并没什么发现。

"这周结束了还继续跟吗？"私家侦探又发来信息，"打算跟到什么时候？"

"再跟两个星期吧，我倒要看看她惹上什么事了。"

"好。"

"你注意点，可别让她发现了。"

"明白，放心吧。"

"对了，你再帮我打听一下，这些警察是在查什么案子。这算是额外的委托，我会另外付钱的。"

"没问题，您只管说。不过有些案子在调查过程中是要保密的，可能不太好打听，我尽量试试，您先别抱太大希望。"

"嗯。"

罗薇将那张照片存到相册里，将注意力转移回会议上。会议结束时早已过了下班时间，罗薇迅速钻入车子，往家的方向开去。

罗薇随父母一起住在平州东南方向的水云都小区，因是养老房，母亲腿脚又差一些，当初购房时就选择了一楼。房子宽敞，不但有四间宽敞明亮的卧室，还扩建了门前的小花园。父亲今年六十一岁，已经提前退休几年，母亲小父亲五岁，也在去年退休了。

不过再舒服的房子，毕竟已经住了十来年，总有些地方需要修修补补。她回到家后，衣服都没来得及换，就从手提包里拿出今天购买的螺丝配件，准备修好父母浴室的花洒把手。把手已经坏了一星期，昨天她拆下时就注意到里面需要一种较为特殊的螺丝钉，担心网购的尺寸不对，今天总算抽出时间在单位附近的五金店买了几个。

其实这些是可以找物业来做的。但罗薇觉得，毕竟现在自己算是家中的顶梁柱了，凡事还是应该先自己动手，了解原理，至少要知道怎样操作，不能养成事事依靠外人的习惯。她这两年已经修过了不知多少东西，水龙头、马桶、升降衣架，连通下水管道这样的活都能轻松完成。

话虽如此，但想到以前她根本不用为这些事操心，强烈的无助感再次涌上心头。

罗家本是一个四口之家，哥哥罗鸿大她五岁，从小成绩优异，是邻居口中别人家的孩子。高考轻松考上平州大学，毕业后也顺利在平州找到了一份体面且收入不菲的工作。那年，父亲办理退休，罗薇自己也即将大学毕业。一家四口身体健康，平淡快乐，罗薇曾觉得自己是世界上最幸福的人。

可这一切都被今日照片上那个叫孟玥的女人彻底打破了。

孟玥是哥哥曾经的女友，罗鸿说孟玥看上去略显懒散，实际很聪明且性格执着，骨子里透出一种与年龄不符的成熟。罗薇见过对方两三次，蜻蜓点水地聊过几句，觉得这女孩很是普通，至少谈吐之中完全看不出哥哥说的这些优点，但对她也并不反感。

因此孟玥母亲刚出事时，她在震惊之余万分同情。得知凶手由于年龄原因逃脱制裁后，更是气愤不已。孟玥本就和长居国外的父亲不太亲近，现在又失去母亲，也没有兄弟姐妹，罗薇不敢想象类似事情发生在自己身上会怎样，当时不但叮嘱罗鸿一定要多加陪伴，家里有了什么吃的用的，她都让罗鸿送些过去。可后来还是听说孟玥扛不过来，无法正常上课、参加考试，只得暂时休了学。

过段时间后，罗薇发现哥哥去找孟玥的频率降低了，而是经常外出喝酒，回家后也闷闷不乐，甚至连工作都受到影响。她留了心眼，在家中偷听到哥哥讲电话，原来孟玥曾拜托哥哥调试那辆跑车的车钥匙，可以将其设置成解锁后只开启驾驶室的车门。孟玥觉得如果哥哥在出事之前将这件事情完成的话，凶手就无法趁着她妈妈开车门的时候进入到车后座。而哥哥正是因为这件事，最近才心神不宁，一直跟孟玥道歉，却不被对方所接受。

"哥！"罗薇推门而入，愤怒地一把抢过手机挂断电话，"她怎么能把这件事怪到你的头上？"

"薇薇，把手机还我。"罗鸿伸出手，脸色阴郁，"本来就有我的原因，我应该帮她调试钥匙的，我答应了她有时间就会去，而我……明明有时间的。"

"这叫什么话，我们同情归同情，也不能颠倒是非吧。她是个成年人了，自己的车钥匙本该自己拿去调试。再说这根本不是钥匙的问题，而是个不能预料的意外，就算你已经调试了车钥匙，那个凶手也可能用别的方法潜进车里。怪只能怪那个杀人犯，怎么可以怪你呢？"

"如果我没有答应过玥玥，那是意外，可我明明答应了她啊。薇薇，手机给我，你先出去吧，我想自己安静会儿。"

罗鸿对家人的劝阻完全听不进去，罗薇认为哥哥这是被孟玥洗脑了，利用哥哥的内疚来稀释自己内心的负罪感，而哥哥又恰好就是那种易于被道德绑架的性格。

哥哥就是这样的人，凡事永远先找自己原因，且无论内心多么纠结痛苦，也尽量遮掩起来，不和家人朋友抱怨。或许时间能冲淡一切吧，罗薇尝试往好处想，过一阵哥哥自己想明白，再重新找个女朋友就好了。

接下来的日子里，罗鸿的情绪逐渐稳定下来，每日如常上下班，她知道哥哥还会定期去找孟玥，但只要孟玥不再拿钥匙的事情埋怨哥哥，不影响哥哥的日常生活，罗薇也就不将这件事放在心上。

日子就这样过了一年，罗鸿说要去外地出差几天，可到了应该返程的日子，却不见他回家。那天罗薇打了许多通电话，可罗鸿的手机一直是关机状态，罗薇安慰自己或许是哥哥当时把返程的日子说错了。全家就这样在忐忑中过了一晚，但当第二天还是联络不上时，这才真的急了。

罗薇联络哥哥单位的领导同事，才知道他早就把工作辞掉了。妈妈进到哥哥的房间寻找线索，在枕头下发现一封告别信。内容大致是自己无法面对现状，决定去外地换一种生活。

罗薇第一时间打给孟玥，觉得对方一定知道哥哥的去向，可接电话的是个陌生人，说自己是孟玥的看护，对方正在住院进行心理治疗，只有固定的时段才能拿到手机。

罗薇以为孟玥耍花样，转而去派出所报警，可由于罗鸿留下了书信，属于成年人自愿出走的情况，不符合警方的立案规定。值班民警做了简单登记，就劝罗薇回家继续等。罗薇又等了一周，还是没有罗鸿的任何消息，而随后孟玥的电话也打了回来，罗薇接通后立即询问哥哥下落，听到这话，孟玥表示自己也是一头雾水，根本不知道罗鸿在哪里。

"薇薇，我和你哥已经分手有段时间了，虽然我知道不该纠结车子的事，无法起诉吴昭更不是他的错，但我确实过不去那个坎。我一看到他，就会想起那个杀人犯，想起我妈……所以你也理解一下吧，我真的不知道他去哪里了。我自己这段时间一直在住院进行治疗，也做各种康复练习，哪怕能像你们一样正常活下去都要尽最大努力，你实在不信的话可以自己来医院看看。"

孟玥那番话语气诚恳，说的罗薇心里不自觉动摇，本就底气不足的她没有继续再追问对方。

这之后，罗鸿再也没有回来。

最初的几个月，他的手机号码仍处在使用状态，偶然也曾打通，和家人有过简短的对话，大意还是劝说不要寻找，等他想开了自会回去。可大约半年之后，罗鸿的手机号码忽然注销了，家人试图根据银行卡消费信息查找踪迹，可在移动支付如此普及的今天，竟然查不到罗鸿的任何消费记录。

哥哥独自生活不成问题。但他是怎样在不使用移动支付的条件下生活的呢？除非是带了大量现金，但这完全没有必要，哥哥是个干净清白的良好市民，又不是逃犯，有什么必要隐瞒消费记录呢？

可能的地方都找过之后，罗薇身心俱疲，又恰好面临毕业、求职等人生重大选择，只能暂且放下哥哥的事，将精力放在自身发展和陪伴家人上。等到工作逐渐上手之后，才得以从长计议。

她思来想去，哥哥的出走还是和孟玥脱不了关系，索性请了私家侦探调查孟玥，但她外出规律，社交正常，没有任何鬼祟行径，今天的照片算是这么长时间以来最大的收获。

"薇薇，吃饭了。"罗母在客厅喊话，打断了罗薇的思路。

"来了。"

洗好手坐在餐桌前，看到晚餐又是面条，这是罗薇最不想吃的，不过转念一想，应该庆幸至少不是父亲在烧饭。母亲做的食物至少是分明的，菜是菜，肉是肉，各有本身的味道，而父亲却用敷衍消极的方式，把所有菜放在一起随意翻炒，本不相配的食材在锅内纠缠过后，只剩一种莫名的难以下咽。

自从哥哥出走后，家中的气氛经历了几重变化，一开始父母终日以泪洗面，过了一段时间后变为绝口不提，最后演化成一种时时刻刻的如履薄冰。罗薇在家里不敢大笑，不敢哼歌，甚至出席一些重要场合都不敢化过于隆重的妆，好像自己存于夹缝生活中那少得可怜的快乐就是对亲情的莫大背叛。

她又何尝不想念哥哥、不为他的安危担忧呢？但这和打理好自己的生活并不冲突。无论怎样，她还是完整的个人，日子也还是要积极地过下去。

"我把你们卫生间的花洒修好了。"罗薇一边挑起面条，一边小心地说。

"嗯。"罗母点点头，"辛苦你了。"

"没事,很简单的,等我下次去逛逛家具店,把整个淋浴喷头都换掉。现在流行那种瀑布式的水流,洗起澡来特别舒服。"

罗母没有就淋浴的事做出回应,而是忽然想起什么似的,回卧室拿了手机出来。

"这个星期三晚上你去吃个饭,还是吕阿姨介绍的,我看了看照片,这次这个感觉还不错,面善的。"

"又要去相亲吗?"

"是大学辅导员,工作稳定有前途的。"罗妈说着把手机推过来。罗薇拿起手机,屏幕上是一张板板正正的证件照,照片上的人一眼看去就不会让人产生什么想法,而照片下面的简介信息也是千篇一律:性格开朗阳光、工作稳定、孝顺父母。

谁不是这样的呢?即便有阴郁内向的一面,哪个又会主动暴露。

"也不是说不让你挑,但不要总挑剔一些无谓的细节,要从大局看人格、人品,之前吕阿姨说了两个你都不肯去,这个怎么也要试一试的。"

"知道了。"

"早点结婚，尽量今年吧。"一直不说话的父亲忽然冒出一句，他的脸色阴沉，一年前他做了甲状腺肿瘤切除手术，一条暗粉色的疤痕增生在脖子上，随着他说话而上下起伏。

"结婚这种事当然要看缘分的，也不是说今年就能今年。"母亲把父亲略显激进的话又中和了回来，"但你也确实要抓紧了，不能总那么被动，好男人不多，有机会就立刻把握住。"说完后期待地看了罗薇一眼。

这一眼看得罗薇迅速低下头来，心里祈祷就到这为止，千万不要再说"家里只剩你一个了"，千万不要，哪怕再听一次这种话她都要原地爆炸。

好在母亲只是轻叹一口气，将碗中的面条挑起。

到了星期三，罗薇犹豫许久，还是去见了介绍人说的那位"条件不错的男辅导员"。母亲再三嘱咐她不要讲哥哥的事，一般人也不会提，万一问起来就说出国了。她敷衍着说知道了，毕竟当初对所有亲戚都是这么说的，都不知道重复了多少遍。

他们约在一家日系咖啡馆，两人寒暄后，男生去吧台点饮料，罗薇打量了一眼男生的背影，觉得毫无眼缘。父亲说让她今年结婚，可如果遇到的都是这种毫不心动的类型，自己要怎么办呢？一股无力感涌上心头，想着一会儿喝完东西就找借口离开，可不要再有什么别的安排。但在接下来的交谈中，罗薇得知对方是平州大学的教职人员，去年刚刚入职。

平州大学，不正是孟玥和哥哥曾经就读的学校吗？

刚刚沉到脚底的情绪瞬间被拉拽起来，再细问几句，发现对方在研究生院办公室工作，和许多学生都很熟悉，按照年份推算，他的学生里或许有人曾和孟玥同级。

"你刚才说你二十六岁？"

"啊，是的。"

"这么年轻，就能在这么好的大学做辅导员，很厉害。"罗薇一改刚刚的冷淡，调整情绪使自己热情起来。

"还行吧。"对方不好意思地摸摸额头。

"已经很好了。大学里环境单纯、人际关系简单，真的挺好。其实我以前也想过考研究生，但准备得不充分，连初试也没通过。现在找了工作，我也常常觉得学历不够用。"

"你现在的公司也很好啊。"

"没有，没有，还是你更厉害。"

互相夸赞之后，交谈果然就变得愉快起来，罗薇的眼睛开始正视对方，也露出了笑容。

"你的年纪和学生们差不多，你们是不是也经常在一起玩？"

"当然，差不了两三岁，有些考了几年的比我还大些，我老是请他们吃饭，夏天喝啤酒吃烧烤，冬天吃火锅。"

"说到烧烤的话，有一家很不错的店，你去过吗？就在西京路步行街上。"

说着罗薇输入店名，把手机拿给对方看。

"这一家我听过，很有名，但一直没去尝。"

"今天你请我喝了咖啡，那下次我请你吃饭吧，就去这家店。"

"不不不，下次当然也还是我请。"辅导员双手在胸前使劲摇摆，"哪里有女孩子请客的道理。"

"还是我来请吧，其实我是想请你帮个忙，到时能不能也叫上你们学校里的几个同学？我想……试着考一考在职研究生。"

"那更没问题了。"辅导员觉得说到了自己熟悉的领域，语气兴奋，"你准备考什么专业？"

"哲学系。"

一听到这个科系，辅导员下意识地皱了皱眉头。

"你不是学经济的吗？我建议考研究生最好也选择与金融相关的。"

"这我明白，不过我本来也不是为了找工作，就是想学一个自己真正喜欢的专业，提升一下自己。"

"也对。"对方微微点头，"那这样吧，我尽快约两个同学给你讲讲，在职研究生很简单的，你确定考的话，按照重点复习，肯定没问题。"

他们喝完了咖啡，又叫了甜品，聊了一些对罗薇来说无趣但必须聊下去的话题。

当晚，辅导员就发来信息，告知饭局约在了周六晚上，问她是否有空。

"有的。"罗薇看了眼手机日历，在对话框中输入，"那我们周六见。"

星期六晚上，罗薇用了比平时更久的时间精心打扮，辅导员看到眼前的漂亮姑娘，说话都有些语无伦次了。

"这是我朋友罗薇，这两位是我们学校哲学系的研究生，都是实打实考过来的，很有经验。"他略显害羞地介绍道。

两个学生都是女孩子,当然明白这不会是老师带来的"普通"朋友,都很热情,点菜时总让罗薇来选。罗薇得体地问了大家的喜好和忌口,搭配得很好,有荤有素,既不掉价也不会特别贵。菜很快上桌,大家很快进入轻松愉悦的状态,罗薇象征性地问了几句考研的注意事项,就开始不动声色地引入自己的话题。

本是不抱什么希望的,可有个女孩听后明显对那个名字有印象。

"叫孟玥吗?我们学校的那个?我知道她。"

"你听说过她家里的事?"罗薇立即追问。

"本来不知道,但我男朋友提过,说她家里的事很有名,据说那个学姐后来休学了几年才回学校继续读书。"

"你男朋友也是哲学系的吗?"

"不,他是化学系的。那个孟玥选修了化学院的课,整天去看他们做实验呢。"

"选修化学?"罗薇心里冒出大大的问号,"可她不是文科生吗?文科生选修化学做什么?能听得懂吗?"

"我也不知道,可能想追学分吧,那门课学分挺高的。"

那天聚餐结束时,天色已经黑透,辅导员将罗薇送到小区门口，罗薇挥手告别后却没进家门，而是在小区湖边的长椅上默默坐下，像是发呆，其实是在思考。不一会儿包里的手机振动起来，是那个辅导员又发来信息，说自己今天非常开心，询问下周是否还能约她。

罗薇并没回复，而是退出与辅导员聊天的对话框，找到那个刚刚加好微信的女研究生的头像。

"你好，打扰了。"她快速打字，"能不能把你男朋友的微信推给我？有一些事情我想向他打听一下。"

"好，稍等。"

多么尴尬，越过女生直接联系对方男朋友，罗薇平时绝对不会做这种事，但她怎么也想不出更得体的方式，只能硬着头皮等待回复。

终于等来了联系方式，罗薇不好意思在周日打扰，忍了一天后，星期一一早打去了电话。男孩说全天都要做实验，晚饭后可以在学校东门和她见个面。

傍晚，男孩在约定时间准时抵达校门口，旁边还跟着那天见过的女孩子。

"真不好意思，麻烦你们。"罗薇满脸都是歉意。

"没关系,你是想打听哪方面的事呢?其实我也不一定知道。"

"这个,就是——"这猛地一问,罗薇也不知道从哪儿说起,因为她并不打算将哥哥的事说出来,"就是有关孟玥的全部情况,什么都可以。比如说她当时每天都在做什么?对什么感兴趣?又或者她有没有说过让人印象深刻的话,或者做过奇怪的事?"

"这么多,我可不清楚。"男孩略显为难,"我只知道她选了我们的课,私下其实并没什么交流。她平时安安静静,挺低调的。"

"那么她有没有交男朋友,或者你见过她和什么异性一起出现过吗?"

"没印象了,应该没有吧。"

"她有什么地方让你觉得特殊吗?"

男生又低头思考,过一会儿抬起头说:"非要说的话,我觉得最奇怪的就是她选修化学的行为,毕竟很少有文科生选修我们的课。她不但选修化学课,而且还对很多奇奇怪怪的问题感兴趣。"

"是什么样的问题?"

"多是跟实验相关的。总求着我们带她去实验室，看着满满一柜子危险品也要问个清楚。"

"危险品？"罗薇惊讶，"问什么？"

"对，危险品，或者说易燃易爆物的物质以及有毒物质实验室多得很，哦，这个柜子里都是。"

他拿出手机，找出一张实验室的照片，指着一个贴有"危险品"的铁皮柜子，上面还有两个锁孔。

"孟玥动过那个柜子吗？"

"应该是没有，只是看过我们做过几次实验。其实是有危险系数的，比如反应釜，我每次拧开的时候都挺害怕，生怕它没有冷透。还有隔壁那一桶桶的镁铝粉，也是真怕它们哪天爆燃了。"

"她会不会把危险品偷偷拿走？"

"拿走？不会的。"男生自信地摇摇头，"学校实验室之前差点出严重事故，所以这几年管理得非常规范，危险品的存储柜都设有两把钥匙，不同的人保管，还有高清监控，要偷偷拿走难度也太大了。而且实验室的东西，从采买到使用都严格登记，也没有报失过。"

"你确定没有丢过？"

"当然，非常严格的。"男孩扶一扶眼镜，"其他的我就真不知道了。"

"没关系，已经很有用了，谢谢。"

罗薇对两人都道了谢，转身离开，再打探下去估计也难有更深入的结果。

这天之后，罗薇的心思都在催促私家侦探的调查上，而私家侦探也确实有点本事，很快查到了一些情况。

"最近还真有个大案，不过不是发生在平州，而是南城。死者是个男孩，才十七岁，还没有成年。"

男孩，十七岁。罗薇在心里思索着，孟玥母亲那一案的凶手长到现在，应该就是那么大吧，但名字却不一样。

"是什么样的命案？"

"重大命案。"

"这个男孩，他有没有前科？"

"这种细节就不知道了，命案的话，口风都比较紧，不好打探出什么。"对方的语气里开始显露为难的意思。

"好吧，您辛苦了。我把费用转过去。"

挂断电话，一个想法渐渐浮出水面。

虽然名字对不上，但会不会就是同一个人呢？她赶忙拿起手机，试图搜索相关信息。时间已过去四年，关于那个案子的新闻也都是旧闻了，比较新的几条显示，出于对未成年人的保护，吴某一家已经离开平州，被政府安排到了其他城市生活，可新闻并没有具体指出是哪个城市。她将这些网页都打印了出来。

那天傍晚，罗薇拿着打印好的资料回到了家，父母给她留了玄关处的灯，她动作轻柔地换上拖鞋，简单洗个手，迅速进入卧室后拿出资料准备细看。

就在这时，罗母没有敲门直接开门走了进来。

"上周见过的那个大学老师，聊得怎么样？"

"一般吧。"罗薇迅速把资料倒扣在床头，转而拿起水杯，"没什么特别的感觉。"

"吕阿姨来过电话了，说那男孩对你的第一印象特别好，结果你对人家一会儿热一会儿冷的。薇薇，你到底是怎么想的啊？"罗妈眉头紧皱、语气紧张。

"他大概误会我意思了。我从头到尾都对他没有兴趣。"

"没兴趣怎么还能约两次呢？"罗妈有些不满，"如果觉得可以交往，其实不妨再继续接触一下。"

"我说了不喜欢。"

"可是,薇薇,这已经是我们能找到的条件最好的了,如果这都不行,后面怎么办呢?你知不知道家里只剩下你一个孩子了……"

终于还是听到了这最令人绝望的一句话,罗薇几乎条件反射般胃里一阵翻江倒海,但她没有发作,也不能发作,也克制住了将手中捏紧的玻璃杯摔出去的冲动。

"再去一趟平州,到孟玥家看看。"徐锐合上案卷,起身说道。他得问问孟玥这一百万元花在哪儿了。

这次造访是在周末,孟玥每个假期都会从市区开车到天山林语的别墅区住上两天。

别墅区坐落在市区周边的天山脚下,沿着天山大道一直向西,刚过迎宾路地铁站,就能看见"天山林语"的白色大字,欧式宫殿风的大门略显浮夸,但也的确气派。大门身后是一个椭圆形喷泉水池,四周种满漂亮的红色玫瑰。从正门进入后,沿路两边都是三层联排别墅,前后各有一个小花园,实体的院墙私密性也不错。

孟玥的家是16栋,联排中的边户,前院花园足有五六十平方米，可院中只有些许杂草和几只花盆，一副铁制桌椅，以及一只看上去久未敞开的遮阳伞。与旁边15栋茂盛到溢出墙体的花草布置对比，简陋许多。

小院的铁门没有锁，徐锐和高鸣推门进入，走到正门口按下门铃。

一两分钟后，门开了。

"徐警官，高警官，你们来了？"

开门的正是孟玥，她还是一身普通居家打扮，素颜，只不过这次马尾散开，长发披在肩后。

"不好意思，案子有点新情况，还得打扰你一会儿。"

"进来吧。"孟玥说这话时并未流露出不悦的表情，但不难听出这里面的抵触语气。

两人本以为别墅外观浮夸，内部装潢也一定十分豪华，可其实别墅内部装潢极为朴素，家具也没有多少，阳光透过大大的落地窗洒在客厅正中央的沙发上，有种原始的素净的美感。

两人坐下，徐锐开门见山地询问一百万元的去处。

"我不明白，上次我已经提供了充足的不在场证明，你们也证实过了，难道我还是犯罪嫌疑人吗？"孟玥轻笑了一下,"至于花销,这属于我的个人隐私,我没有告知的义务。"

"孟女士我希望你明白,你的确有不在场证明,但那只能说明人不是你亲自杀的,却不代表现在对于你的嫌疑已经全部洗清了。如果这起案子真的跟你无关,你也不想我们再来打扰你生活的话,就快点回答我的问题。"

"你们是怀疑我有同伙,还是觉得我雇凶杀人?不会觉得那一百万我是给杀手的吧。"

孟玥语气越说越激动,徐锐听出了她语气中的急躁,试着安抚道:"你别着急,冷静一点。"

"冷静?你让我怎么冷静,我现在莫名其妙被怀疑成买凶杀人的杀人犯了,警察几次到我家里让我解释一件我从来没做过的事情。"

"孟玥,你现在只需要回答我,那一百万究竟花到什么地方去了。如果你拒不配合,我只能怀疑你真的和这起案子有关。"

孟玥听到徐锐的话,深吸了一口气,起身给自己倒了一杯茶,茶水很烫,她一直用嘴轻轻吹,一口茶下肚,才若有所思地答道:"那些钱我都用来买包、买首饰了,这两年我买了不少大牌包,确实花了一些钱。"

"买包用现金?"

"我的包大部分都是在国外专柜买的,那边汇率划算。恰巧我出行不喜欢做太多攻略,都是带着现金到外国的机场直接换当地的货币,个人习惯而已,不犯法吧。"

"不犯法。那么,小票或者保修卡之类的还在吗?"

"我买东西又不是为了出二手,那种东西早就扔掉了。说实话,我也没有专门算过自己花了多少钱,如果不是你们来问,我还真不知道自己花了那么多。"

"买的东西我们可以看一下吗?"

"有一些可能放在市里面了,别墅这边东西不多,我上去看看。"

孟玥转身上了楼,再下来时,手中拎着两只包:"这两只包就花了我五十万,其他的都放在我市区的家里。我解释得够清楚了吗?两位警官,还有什么别的问题吗?"

听这语气是送客的意思了。徐锐知道今天是再问不出什么了,于是便起身准备离开。

孟玥将二人送到门口时,突然开口说道:"两位警官,四年前我母亲刚去世的时候,我不是没想过亲自为她报仇。但如今过了这么多年,当时那种冲动早就已经消失了,如今我的生活很平静。你们一直围着我打转，只会离真相越来越远的。"

"我们会好好调查，不会放过任何一个线索，谢谢你的意见。"徐锐说道。

两人的车子开出了天山林语，高鸣忍不住说："徐队，现在那些奢侈品包内里都有芯片，我们可以向上头申请，搜查她家中的……"

"算了，就算真查出这些包是假的或者购买时间和她说的不符，又怎么样？她还会有别的说辞去解释这一切。最关键的是，我们的确没办法凭几个包给她定罪。"徐锐点了一支烟，略有所思，"倒是她的态度……我也算审过不少犯罪嫌疑人，她刚才在争辩的时候，无论是语气还是神态，都让我觉得她是真的无辜。如果这起案子真的是她做的，那这个心性可真的了不起。先不回宾馆，再去一个地方。"

"去哪儿啊？"

"她外公外婆那儿。看小叶有没有空，把她也接上，她亲和力比较好，一会儿主要让她来问。还有，一会儿路边看看有没有水果店。"

"好。"高鸣拿起手机拨号，"我这就打给她。"

第三章·恨意

第四章 ∨∨∨

图谋已久

如果那些行为真是孟玥所做，难道从这么久以前，她就开始谋划了吗？

当天下午，徐锐、高鸣、叶真三人拎着水果和牛奶，来到孟玥外公外婆居住的小区金辉家园。金辉家园并非什么高档小区，只有四栋楼，全部临街，虽然有地下停车场，但院内还是停了很多车子，物业看上去也不专业。不过小区紧邻平安医院老院区，旁边还有大型超市、公园，以及一家百货大楼，无论衣食住行，五百米之内都能到达，对老人来说还是相当方便的。

进入室内，徐锐注意到这是一个宽敞的大三居，窗子大而明净，地砖淡雅，装修简洁大气，和土气的建筑外形相比，真没想到里面是如此明亮舒适。客厅除了沙发茶几，还摆放一个躺椅，一个按摩椅，旁边是空气净化机，看外形是医用级别，和孟玥家里的一样。这些大概都是魏玲生前布置的，从这些物件的置办，能感觉到魏玲不仅是个好医生，更是个孝顺的女儿。

孟玥的外婆张华和外公魏明都已经七十多岁。魏明头发全白，眼窝深陷，显得异常苍老，腿脚也不好，一个老人专用的助力行走车放在身边，起坐都需要借力。张华腿脚倒是利索，只是眼神中还浮现着些许哀伤，举手投足间的反应也总慢半拍。看着七十多岁的老人家给他们倒茶，三人都不好意思地连忙起身。

"叔叔阿姨，快别忙了，我们问几句就走。"

"没事，我身体还不错，比老头子强多了。"张华说完还是从厨房拿出几个陶瓷杯子，放入茶叶，用桌上的热水壶倒入白开水。

"那我去洗水果。"

叶真麻利地走进厨房，不一会儿就端着洗好的苹果草莓出来。

"叔叔阿姨，我们这次来的原因，孟玥也告诉二老了吧。"

仅是如此模糊地提了一句，张华的眼圈也还是立刻红了，嘴唇也抿了起来。已经四年了，失去孩子的伤痛果然是伴随终身的。

"嗯。"她点点头，又长叹一口气，道，"你们是说当年那个小孩吧，玥玥跟我们说了，终究是恶有恶报吧。不过阿玲已经走了，他死或者不死，阿玲也回不来了。"

"其实也不能这么说，有些事情的确认还是有意义的。我们今天也是按照惯例，来问几个问题，确认一下。"

"这都是命，我们已经认了。不过，还是谢谢你们今天过来安慰我和老头子，你们留下吃晚饭吧，晚上多炒几个菜。"

"这怎么行，那太打扰了。"叶真连连摆手，"而且我们局里也有工作。就几个问题，问完我们就回了。"

几番寒暄过后，三人问了些关于孟玥的问题，和她自己的回答没有什么出入。叶真很会聊，多么严肃的问题从她口中转化出来都带着亲切的口吻，带她来真是对了。看着在这里获取不到新的信息，三人准备离开时，却和刚来家里的钟点工撞上了。

"这是小王。"张华介绍，"每天帮我们做做晚饭，收拾收拾。"

钟点工手里还拎着刚买好的新鲜蔬菜，听着他们娴熟地沟通着晚餐的做法，想必也是磨合了不短时间。

第四章·图谋已久

"叔叔阿姨,那我们就不多打扰了。"叶真在领受了徐锐的眼色后,礼貌告辞。

三人下了电梯,走出小区大门,刚凑到停在路边的车子旁,徐锐却站住不动了,表情也是若有所思的样子。

"怎么了?"高鸣问道,"有什么忘记问了?"

"刚才看到他家的钟点工,我忽然想起一件事。我们第一次去孟玥家里的那天,负责那栋楼的管家,是不是说过之前她家里除了孟玥、魏玲,还有个保姆一起住?"

"你这么一说,好像是有点印象。"叶真微微抬头,努力回忆。

"可我们从没见过什么保姆,排查名单里也没有,对不对?所以之前的排查中是不是漏掉了一个人?"

"她自己一个人住,有手有脚能自理,确实不需要保姆。再说了,几年前的保姆了,和案子还会有关系吗?"高鸣问道。

"我前面说过了,每一个和孟玥有紧密联系的人都不能放过。宁可信其有,查一查也无妨。"

徐锐再次联系孟玥了解保姆的情况,孟玥说家里之前确实有个家政阿姨,但自从母亲过世后,家中无事需要打理,她就将保姆辞退了，因而也无法提供联系方式，甚至连姓甚名谁都说不出，只是称呼她为"大姐"。还说人是母亲找来的，自己当时大部分时间在学校读书，与保姆接触不多。这模糊不清的言论反而引起了徐锐的警觉。

就算联系电话和家庭住址不知道，自家用了几年的保姆，怎么可能连姓名都记不得呢？

在信息如此匮乏的情况下寻找一个人十分困难，专案组组员先是向邻居打听，在一位老住户那里知道了保姆姓朱，年龄大约是五十岁，但并不知道保姆的联系方式和家庭住址，听口音也无法确定是哪里人。

徐锐此刻想到了家政中介，如果保姆另找工作时在中介登记过身份信息，就有机会找到，但如果是私下联络了其他主家，或是不再做保姆，就很难找到了。抱着碰运气的想法，徐锐让高鸣联络了平州几个家政中介公司，查看了四年前劫杀案后前来登记的家政人员名单，果然筛选出一个名叫朱玉萍的女人，但她在劫杀案之后只上户了两年左右，就不再做了。

徐锐随后从家政公司的登记信息中，要到了保姆的地址和手机号码，号码打去是空号，按照地址找到其所在的永宁村,邻居却说这家一年多前就和丈夫外出找活了,除了过年都不怎么回来,也没人知道朱玉萍最新的联系方式,她们也很奇怪怎么朱玉萍连微信都注销掉了。回到警局,专案组通过查证银行卡使用记录,拿到了这位保姆的新号码和新地址。

新地址并不远,就在平州市郊的开发区。

这片区域都是新盖的回迁安置楼,居住环境还算不错。现在是早上9点,天还不热,进入小区大门后向西南角走去,一路都是散步的老人和玩耍的小孩。走到8号楼跟前,还看到几个带孩子的妇女在两个单元之间的树荫下坐着小板凳闲聊,几家的小孩子都在眼前玩耍。

叶真走到8号楼2单元前,在呼叫机上找准朱玉萍的门牌号码,按下门铃。铃声大而尖刺,但接连按下三次都无人接听。

"不在家?"叶真再看一眼手机上的地址,"是302室呀,没按错,要不咱下午再来?"

就在这时,树荫下一个扇着扇子的妇女指着单元门口,转头对另一个说:"玉萍,那是不是找你的?"

徐锐这时也注意到了,回身走向那群中年女人,其中一个穿碎花连衣裙的妇女抱起正在玩耍的小女孩,起身朝这边走来。

徐锐迎上去,问:"你是朱玉萍?"

"我是。"对方点点头。

"哦,我们是派出所的,找你了解点情况。"

说着几人都拿出证件在妇女面前晃了一眼。

"派出所?"对方眼神中透出一丝疑惑,不过还是表示愿意配合,"找我干什么啊……要不你们先跟我进来吧。"

朱玉萍的家在三楼西侧,不大的客厅收拾得整整齐齐,靠窗处有个婴儿围栏,里面有个两平方米大小的攀爬垫,茶几上则放着奶粉、湿巾,以及好几个已经洗净正在晾晒的奶瓶。她将孩子放在攀爬垫上,递给她一个玩具,再把围栏关上,这才招呼几人坐下。

她个子很矮,目测不会超过一米五五,肤色黝黑健康,腰粗胯宽,留着刚过耳的短发,面相像是那种干练质朴之人。

"这是你孙女吗?"叶真对垫子上的小女孩笑了笑,转头问朱玉萍。

"啊,不是。这是我家老二,老大在外地上学呢。"

这第一句就问得气氛尴尬了,叶真看过朱玉萍的资料,明明对方已经五十二岁了,没想到这岁数了还生了二胎。

"这房子不错,是买的吗?不过你们村子好像还没有拆迁,钱够吗?"徐锐顺利把话题转移。

"哦,不是,是租的。"

"多少钱一个月?"

"我家那口子租的,具体多少钱,我还真不清楚。"

"你爱人不在家?"

"他是大车司机,出去跑货了,经常不在家的。"

"挺辛苦的吧。"

"是啊。"朱玉萍还是挂着那副疑惑表情,"你们找我有什么事吗?"

"是这样,你最近和孟玥联系过吗?"

"你说玥玥?好多年没联系了。她怎么了,出什么事了吗?"朱玉萍问这话时,脸上立即浮现的关切倒不像是装的。

"没什么事,我们只是需要了解些孟玥的情况,走个常规程序而已,你在她家做了多少年?"

"有十年吧。差不多从玥玥十来岁开始带,接送她上下学、做晚饭、打扫卫生。等她再大一点了,早上不需要我接送,晚上也要上晚自习不回家吃饭,我就下午先去玥玥的姥姥那边打扫打扫卫生、做个晚饭，再回来给玥玥做消夜。"

听到认识十来年，几人立刻知道孟玥之前声称的"不熟悉"绝对说了谎。

"你具体是什么时候不做的？"

"就是魏医生没了以后，她妈妈那个事，你们……"

"我们知道。"

"嗯，出事以后大概两三个月吧，玥玥就让我回家了。"

"走了之后你们联系过吗？"

"这个……"她低头捋了捋头发，其实她的全部头发已经扎起来了，也没有什么碎发可整理的，"魏叔和阿姨那儿我去过两三次，看看有什么搭把手的，玥玥那里我没再去过，出事之后她情绪一直不太好，我怕去了添堵，不合适。"

"具体是怎么个不好？"

"就是不吃饭，不出门，爱发脾气，做什么都提不起兴趣。唉，毕竟出了那么大的事，玥玥又没爸，真是……"

"你最后一次见她是什么时候？"

"最后一次……怎么也得有两三年了。"

"这中间打过电话吗？"

"也没有，其实也怪想的，但打电话也不知道说什么，还怕再让她想起伤心事来。"

"对了,你的电话号码是新换过的?"

"是,换了新的,主要之前的号码绑的是魏医生的附属卡,后来人都没了,我也不好再用了。"

"听你的意思,之前在她家做得还是很愉快的?"

"她们人好啊。玥玥是好孩子,魏医生更是好人,我就没见过这么体面的家庭,只是可惜啊——"朱玉萍重重叹一口气,"本来是多有福的家庭,一下子全都毁了。她妈妈出事以后,我一开始每天给玥玥换着花样做饭,她也不怎么吃,再过了一段时间就让我离开了,说心情不好,想一个人待着,我就只能回老家了。"

刚刚聊天时候,小孩还能抓抓玩具、吃吃奶嘴,可问得久了,那小孩忽然就对食物和玩具都失去兴趣,张嘴就哭了,开始找妈妈。

孩子这一哭,声音急促,撕心裂肺,连气都喘不上,朱玉萍立即起身去哄,这么一折腾,之前被打断的谈话是接不上了,好在想问的问题也算有些收获,徐锐给了高鸣、叶真一个眼色,便起身说不再打扰。

"对了,还有最后一个问题。"徐锐拿出陈阳的照片递过去,"见过这个人吗?"

朱玉萍接过后摇摇头,表示没有印象。

"那么这个月的18号,你在做什么?"

"还能干什么呀,每天都在家带孩子呗。"

"有没有人能证明?"

"楼下那些邻居都能证明,我平时小区都不出。"

直到关上防盗门,还能听见小女孩的哭声和朱玉萍的安抚声。而走出单元时,那一群妇女还在树下带孩子聊天。叶真示意徐锐和高鸣先上车,她准备过去和那几人聊几句。

"朱玉萍的回答看起来都很自然,但不一定和我们完全说了实话,这些邻居里或许能问出点什么。"

两位男士在车上等了十几分钟,看到叶真小跑出大门,拉开后座车门上了车,脸上带着兴奋的表情。

"头儿,朱玉萍真的有问题。"

"问到什么了?"

"不在场证明应该是真的,她们说朱玉萍每天都带小孩下楼,18号也是,很有规律。但是邻居们说她老公不太待见这孩子,因为小孩晚上哭闹,打扰他睡觉,为这个冲朱玉萍发过好多次脾气。而且朱玉萍跟这些邻居说自己四十五岁。"

"她不是都五十二岁了吗?"

"对啊,所以她干吗要撒谎。"

"为了……显得年轻?"高鸣费解地挠挠头。

"她根本不保养,穿着很随意,头发也不染的,绝不会是为了让人夸年轻好看。我们还是再去她老家看看吧,一个人在老家是很难有秘密的。"

三人在路上简单吃过午饭,便径直开车来到朱玉萍的老家永宁村,将车子停在村口后步行进入小道。叶真看到路口坐着几个老太太,便过去问询,果然又有收获,原来她们竟然不知道朱玉萍有个二胎!全都十分肯定地说,朱玉萍和丈夫只有一个儿子,在外地上大学,明年就要毕业了。

"她是在市里做保姆的,你说的是她雇主家的小孩吧,玉萍都五十多岁了咋可能现在怀孕,要生也是年轻时候生啊。再说她和她老头还得赚钱呢,她那儿子念书花钱不少。"

"那可能是我记错了吧,谢谢大娘。"

叶真把打探来的话转述给徐锐,叶真还补充道:"上午我观察朱玉萍,是很典型的农村劳动妇女面相,皮肤粗糙,又黑又憨,小孩倒是长得粉粉嫩嫩又机灵呢。"

这一句调侃仿佛击中了徐锐似的,他皱眉说:"你觉得小孩不是朱玉萍亲生的?"

"不知道茶几上那个歪歪扭扭的奶瓶你们看到没,那是进口的防呛奶奶瓶,如果是正品,一个就要四百块,我嫂子刚生了孩子,我见过那种奶瓶。"

"一个奶瓶四百?"高鸣吓得连发感慨。

叶真和高鸣叽叽喳喳讨论半天,却见徐锐低着头,一言不发。

"徐队,你怎么不说话呢?"叶真问道。

"永宁村这里应该查不出什么了,明天一早去查一下朱玉萍小孩的来历。"

第二天刚过 8 点,高鸣和叶真就敲响了户籍科的大门,一阵赔礼道歉打扰了户籍科大姐吃早饭之后,终于要到了他们想要的资料。出了办公室后,高鸣打了几个电话后就带着叶真出了平州警局的门,直到下午才回来。

"徐队,都查到了,也不知道算不算有问题。"高鸣热出一身汗,一口气喝了一整杯水后才有力气做汇报,"孩子确实不是朱玉萍生的,是她领养的。这个女婴是平州福利院去年冬天在婴儿岛发现的弃婴。遗弃时孩子刚满月,体重九斤六两，身体完全健康，当时院方分析是严重重男轻女或是无力抚养的家庭才会选择遗弃。孩子在福利院待了两个月，刚一过公示期，就被张福军、朱玉萍夫妇收养。我在办事处找到了他们提交的材料，户口本、结婚证、医疗证明，派出所的弃婴证明以及平州卫生部门出具的报告也在，手续合法齐全。哦，复印件也全都带回来了。"

"她昨天怎么不说实话呢？"叶真翻看着整理好的复印件，"也许是农村习俗，注重血脉，不愿意让人知道自己抱养孩子？"

"没人会对着突然上门的警察说自家孩子不是亲生的。不过，朱玉萍老家的人都不知道她领养孩子，她全家还搬走了，这就有点刻意了。"徐锐说道。

三人带着查好的资料，再次登门。朱玉萍见警察又来了，大概也预料到怎么回事，没多问就开了门。客厅沙发上还坐着个中年男人，应该是朱玉萍开大车的丈夫张福军，男人估计刚才抽了烟，屋内一股浓浓的烟味还未散去。

徐锐开门见山，将领养资料的复印件放在茶几上，朱玉萍压根儿就没细看，很快就承认孩子确实是福利院领养来的。

"这孩子可不是偷的抢的,这是从福利院正规领养的,都有手续。我岁数大了,想要个闺女又生不出来,才抱养一个,这可是积德行善啊。"

"我们没说你有违法行为,但既然手续合法,昨天为什么撒谎?"

"还不是怕这事传开吗?怕被人说闲话。"朱玉萍这次是真的紧张,话都说不利索,"再说你们是警察,我……我也第一次见警察,也怕惹事情……还有,你们问了半天都是在问玥玥的事,和我家的事也没关系,我就觉得没必要说嘛。"

"你呢?"徐锐的目标转向沙发上的男人,"对你老婆领养孩子没意见吗?"

"我没意见,儿子大了,家里冷清,我也愿意养个闺女。"

"警察同志,你们也得理解我啊。"朱玉萍再次解释道,"俺就怀不上嘛,还在村里住不就露馅了,这不就想等孩子养大点了再搬回去,就说外面打工的时候生的。能不能麻烦几位也替俺们保密,实在是不想传出去,对孩子不好的。"

徐锐见朱玉萍虽然神情略显紧张,但是对话逻辑清晰,

第四章·图谋已久　　　　　　　　　　[113]

前后也并无矛盾，知道此时是问不出来什么了。倒是丈夫张福军脸色很是不好，很可能是这件事的突破口。徐锐将一切观察暗暗记在心里，便招呼叶真、高鸣离开了。

接下来的一星期，专案组开始扩大对孟玥的查证范围。孟玥整整一年的通话记录、聊天信息、网上浏览数据全部调取出来，数据庞大，十几个人加班加点。通过对数据的搜集和提炼，他们在孟玥的手机聊天记录和搜索痕迹中，发现了许多可疑对话。

孟玥在复学前后，曾查询过大量有关"精神疾病""精神控制"的内容，细致到对于精神疾病的判定，以及精神疾病人员的"监外服刑"等细节。孟玥在平州大学哲学院就读，按说日常学习和论文写作也应是关于哲学的，这些有关精神方面的内容实在不像是她的学业方面能够涉及的范围。

徐锐决定去一趟平州大学，毕竟孟玥才毕业一年多，说不定能从老师或同学的口中了解些情况。

与学校提前沟通后，古尧、徐锐顺利进入校园，找到教务处的常主任。她已在办公室等候，孟玥这些年的资料、试卷、论文也已整齐码放在办公桌上。

常主任今年四十五岁，长脸，戴着金边眼镜略显严肃，但说起话来声音温柔，她说："那个孩子我记得，真让人心疼。其实在这个年纪，父母过世的情况也有，不过基本都是因为疾病或者普通意外。她这样的特殊情况在我的教学生涯里也是头一个，十八九岁，父亲出国重组家庭，母亲又遇到这种事，搁谁身上都难以承受。"

"所以她是2018年10月开始休学了一年，2019年9月回来后接着读大三？"

"对。"常主任翻看登记手册，"她母亲是2018年3月过世的，一开始她请了一段时间的假处理母亲的身后事，6月回校参加了期末考试。2018年9月，大三开学，她尝试着重回校园，但是精神状态无法负担学业压力，10月的时候正式休学。"

这时古尧注意到学生信息表的一处信息有变动，指着资料问道："主任，她休学前的院系填的是哲学院，回来后怎么变成了人文社会科学学院？"

"哦，对对，我给忘了，她回来以后确实申请了转专业，从哲学转到了心理学，新专业属于人文社会科学学院。"

"可她都念到大三了，还能转专业吗？"

"是可以的,学校允许本专业排名前5%的同学申请转专业。孟玥休学之前的成绩是符合要求的,她既然提出了申请,学校这边也就通过了。"

"那么回来读书以后,您有没有发现她有不对劲的地方?比如性格、行为方面?"

"我没觉得……就是话少了一点,打扮上朴素了些。那姑娘家庭条件不错,之前一直比较高调,回来以后,就特别低调了。对了,我把她们心理学院的教授也叫来了,你们要和他聊聊吗?"

张教授是心理学院重点课程的主讲教授,五十来岁的模样,听到徐锐、古尧的询问,他思索几秒后说道:"有点印象,刚转来时成绩比较一般,毕竟换了专业,一开始有些跟不上,有时候很简单的问题也答不出,但她补得很快,又挺喜欢问问题,后来慢慢就追上来。最后的结业考试,包括她的学期论文,还有毕业论文,都是可以的,我没有给同情分,都合格了。再其他的就没印象了。"

"好,谢谢张教授。"古尧转身对常主任说,"麻烦您给我们一份她的信息吧。包括试卷,选课,考勤表,图书馆借阅书单,我们想要她在校期间全部的资料。"

"没问题。不过借阅书单需要去图书馆才能查到，这样吧，我安排人一会儿打印了送过来。"常主任说。

"谢谢，麻烦了。"

最后将资料装袋时，古尧掂量着说："挺沉，今天可有的看了。"

两人将这些资料带回警局，分类摆好查验。里面最厚的是孟玥的论文，其中一篇论文的题目是《精神疾病下的刑事责任认定》。徐锐粗看了一遍，发现写得很笼统，而且都是老生常谈，没什么新颖之处，但毕竟只是本科时期的一门结课论文，要求并不高。

"看孟玥的选修课，真丰富。"古尧翻看着选课单，"有刑法学基础，哦，还有化学呢。"

"化学？"徐锐忽然被点醒似的，从衣兜中拿出笔记本，找到自己之前梳理过的案件相关时间线。

2018年3月，孟玥的母亲被吴昭劫杀。
2018年9月，孟玥尝试回校上学，同时接受心理治疗。
2018年10月，正式办理休学手续。

2018年末,陈义红母子由平州搬去南城。

2019年9月,孟玥复学。

2021年6月毕业,进入目前的公司上班。

2022年7月18日,吴昭被杀。

他在倒数第三行的文字下面反复画了线,加上"转入心理学院"以及"选修化学"的标注。与此同时,一个藏在潜意识中的模糊声音逐渐清晰起来。

陈义红当时说,逃往南城后的几年过得战战兢兢,总觉得有人要加害陈阳,还曾在家门口的牛奶瓶盖上发现针孔痕迹。

而牛奶瓶上有针孔,会不会是有人把有毒物质注射进去了呢?孟玥选修课选择化学,很可能是为了了解甚至是更方便获取有毒物质。徐锐感叹,当时觉得无根浮萍一样漂在案件之外的线索,此时竟然和嫌疑人过往经历连起来了。

他立即派高鸣去药店买来几只不同规格的针筒,又从超市买来几瓶符合陈义红描述的塑料瓶盖牛奶,尝试能不能扎进去。验证后发现,即使是普通力气的女性,只要稍稍用力就可以做到。并且拔出针头后,瓶盖上的小洞并不明显,不细看很难发现。

以前他只觉得陈义红对孟玥的恨意过于主观，说辞可信度不高，可或许她在这件事上并未说谎。只可惜陈义红说她并未报警过，不然也许能从接警记录里发现蛛丝马迹。

他拿出手机，再次联系了当年负责安置陈义红母子的社区工作人员。电话拨打过去，说明了疑惑，那边思考了一会儿答道："好像是有这么一回事。"

"具体是什么时候，什么情况？"

"具体时间我记不清了。他们一家当时刚到南城，人生地不熟，经常会给我们打电话反映各种困难，有一两次好像是说过感觉有人要害他们，我问她：你有没有什么证据？但她又支支吾吾拿不出，我们就算想要帮他们，也不知道该从何下手。"

"上次我们问你，你怎么没提这件事情？"徐锐的语气中含着指责。

"这都过了好几年了，当时也没真发生什么，我早就忘得差不多了。您现在特意提到这件事，我仔细想才想起来了。"

徐锐无奈地挂断电话。

可是，如果那些行为真是孟玥所做，难道从这么久以前，她就开始谋划了吗？

无数思绪同时袭来，拧成麻绳。徐锐将自己的猜测告知古尧，但古尧听了徐锐的分析，并不认同。

"光是听听选修课就会投毒了，那所有化学系的学生岂不都是下毒高手，接触毒物、提炼毒物不是那么容易的事情。"

"也可能是吧，或许是我想太多了。"

不过出于谨慎，徐锐还是再次打给了常主任，想确认一下学校近年内是否丢失过化学试验品。电话几乎是一两秒就接通了，听常主任那语气，好像也有话和他说。

"东西倒是没有丢过，不过徐警官，其实我也刚刚知道了一件事，不确定有没有关系，正犹豫要不要给您去电话，没想到您这电话就打来了。"

"您说。"

"上午一个将借阅资料送过来的女同学跟我说，前一阵有个外校的女生也来打听过孟玥的事。我不知道这件事和你们查的案子是否相关，正犹豫要不要把那个女孩的手机号码跟您说一下，可能对您会有点帮助。"

"好的，非常感谢。您把手机号告诉我吧。"徐锐迅速将号码记下。

谢过常主任,徐锐立即将记下的号码拨出去,电话那头是一个年轻女孩的声音。说明情况后,徐锐将那女孩约在警局旁边的一家咖啡店见面。

古尧和徐锐先到,他们挑选里面的位置坐下。

五六分钟后,店门开了。进来一个年轻女孩向里张望,对方戴着口罩,但还是能通过眉眼和体态辨认出是个二十多岁的年轻女孩。

"你是小罗吗?"徐锐起身问道。

"我是罗薇。"那女孩走过来,打量了一眼徐锐,眼神又落到古尧身上。

"来,坐这儿。"古尧起身,出示了自己的证件,接着指指徐锐,"我是古尧,这位是南城刑侦大队的徐副队长。你喝点什么?我去点。"

"不用不用。"女孩子很客气,"不用破费。"

"没事,怎么也得说一会儿呢,要不就冰拿铁吧,可以吗?"

"可以的,谢谢古队长。徐副队长,你好,我叫罗薇,以前算是孟玥的朋友吧。"那女孩摘下口罩,露出年轻的面庞,"你……想问我什么?"

第五章 ∨∨∨

工具人

他没有多少时间了。幸好,也并不需要多少时间了。

又是一个周末，平州西郊，天山林语别墅区内。

孟玥将两大包超市购物袋放在地上，输入密码后进门，踢掉鞋子，换上家居服，再将购物袋中的烹饪食材和日用品分类收好。这边购物不太方便，她喜欢一次性多买点东西，同时将冰箱和储物间填满，很有安全感。

看看手表，此时是下午 4 点 40 分，随手拿起茶几上未读完的书，准备读一会儿再去做饭。

平日住在西悦华庭只是图上班方便，而每个周末她都会在西郊的别墅度过，和母亲在世时的习惯一样。那时不但别墅内部生气勃勃，就连门前花园也打理得有模有样，蔷薇、海棠、茉莉、绣球，都用专门网购来的泥土和肥料种好，长势甚好。母女在闲暇夜晚，或在院子里赏花赏月，或在屋内喝茶聊天，真是繁重生活中最令人舒心的时刻。

而现在，花园颓凉败落，石板和植物都无人打理，偌大的房子内也只剩她独自一人。即便雨后天空出现美丽的彩虹，孟玥也没有感到快乐。

彩虹逐渐消失之时，她放下书，从抽屉中拿出遥控器，将落地窗前的纱帘关闭。

屋内暖暖的灯光下，一个身影扎起头发，系好围裙，开始备菜。

以前这个家是朱姨做饭的，母亲偶尔也下厨，而她则连开火都不会，炒菜不知用热锅下油。可这两年，她学会并迷恋上烹饪，且磨炼出了极好的厨艺。她买了许多锅具、餐盘，调料罐从只有三个增加到现在的满满一整柜。工作日吃的凑合，周末就更要补偿自己。她将青菜洗净，香菇切丁，鸡翅腌好，馄饨调馅，连薄薄的面皮都自己擀，所有步骤缓慢而精细，丝毫不觉得是浪费时间，反而十分解压。

6点30分，一桌丰盛的饭菜盛在白瓷餐具里。

7点吃完，将剩菜倒掉，碗筷放入洗碗机。

8点，天色全黑，小区景观灯亮起之时，换上运动服和跑步鞋。

除了做饭，跑步是她独居生活里唯一的发泄途径了。以前的周末，母亲不管多晚回家，总是带上她去公园跑步。她们有固定路线，先顺着别墅区内部跑道绕至小区后门，再去天山公园的北区，沿着湖泊跑上一大圈，最后回到小区内，合计大约五公里。

固定的路线通常会遇到固定的熟人，她知道有个常牵着金毛犬的大叔，有一对身材高大肤色健康的夫妻，有个玩滑板的大学生，还有一个带着七八岁男孩的长发父亲。有次孟玥遇到那位长发父亲，对方还问起，怎么最近只见她一个人在锻炼。

"我妈她……做了个小手术。"孟玥隐忍着，带着习惯性的微笑答道。

"那可要多休息呀，养好了再锻炼。"

"嗯，是啊。"

后来她为了不再遇到熟人，更换了路线，从公园的北区换到南区跑步，南边的跑道没有北区质感好，山坡起伏也更大，但儿童运动区很受欢迎。任何一款健身器材都有对应的低矮款，是亲子散心的好去处。

她以前对小孩子无感，但最近两年的目光却常常不自觉地被吸引，尤其是一两岁的小女孩，粉嫩软糯，晶莹无暇，珍宝一般。这天她中途休息喝水时，看到儿童区停着一辆精致的推车，车里的小孩头戴橙色蝴蝶结发带，穿着淡黄色短袖连衣裙，白色袜子，脚上没穿鞋，伸出的手臂胖乎乎，莲藕一样多节。

孟玥朝着她做个鬼脸，小女孩瞬间被逗笑。她又用喝空的矿泉水瓶在手上转动出了花样，小女孩笑得更厉害，声音大到连她的妈妈都朝这边看了过来。

"真可爱啊。"孟玥的眼神和那位年轻的母亲碰在一起，"她有一岁了吗？"

"有的，她一岁零两个月了，但还不会走路呢。"

孟玥走近两步，蹲下，伸手打着招呼说："你好。"

小女孩看到招手的孟玥，又开心地笑起来。近看更是发现她皮肤雪白，肉粉色的小嘴晶莹剔透，几颗圆短的小牙齿闪着光泽，虽不是双眼皮，但大大的瞳仁犹如紫葡萄，右边的脸蛋上并排着三个蚊子包。

"她实在太可爱了。"

"脸都咬成那样了，还可爱啊。"年轻母亲虽这么说，语气里还是听得出幸福与满足。这时一个五六岁的小女孩也跑道跟前,叫着"妈妈",她和婴儿车里的小孩五官极为相似,皮肤晒得更健康些,看上去是母亲的大女儿。她刚刚一直在旁边扒单杠,猴子一样敏捷。

"阿姨,这是我妹妹,不过她太小了什么都玩不了。我今年五岁半了,你能和我玩会儿跷跷板吗?"

年轻母亲本想阻止女儿的过度热情,可孟玥没有介意,她点点头,过去坐在跷跷板的其中一边,小女孩坐在对面。女孩个子虽小,却喜欢刺激,要孟玥在高处时一定要用力压下,这样她才可以在高高翘起中兴奋地不停呼喊。而她自己抵达高处时,即便双腿离地,也是用尽全力使劲下坐,专注而努力。从跷跷板下来后,她又要玩秋千,孟玥又顺从地跟去,站到女孩身后,用那双柔软却有力的双手将女孩推出,仿佛推出的是儿时无忧无虑的自己。

十几个回合之后,年轻母亲看看手机上的时间,对女孩说:"快别缠着阿姨了,我们要回家了,和阿姨说再见吧。"

"阿姨再见!"

孟玥挥手告别女孩,转身继续奔跑。她的身体轻盈,体内的杂质随着双脚的接连踩踏而一点点被地面吸收,只留下纯净的带有节奏的呼吸。第一个五公里后她停在家门口却没有进去，而是沿着砖红色跑道继续向前，直到第二次临近家门口时才瘫倒在门前的石砖小路上。整整十公里啊，她仰面朝天，大口呼吸，如此精疲力竭，又如此释然痛快。

休息过后，麻木紧绷的双腿肌肉逐渐放松下来，她才起身回到房间，脱衣、洗澡、刷牙，认真地吹干头发后躺在床上，继续阅读下午未完成的那本书。那是母亲之前常读的，看着母亲曾经的钩钩画画，她好像重新体会到那若有似无的余温。

"你是说，你哥是孟玥读书时的男朋友？"徐锐拿出笔记本，边问边记录。

"是的，他们在一起差不多一年，魏医生出事以后才分手的。分手后一年后，我哥就失踪了。"

徐锐先是感到奇怪，继而震惊，这么重大的信息，他们之前投入巨大警力，在多次走访调查中居然没能询问出来。

"您没查到也正常。他们恋爱是几年前的事了，过了这么久，不一定有人还记得。孟玥现在工作了，可能也不会和同事朋友主动说起以前的事。我前段时间请过私人侦探，跟了她一段时间，也没什么收获，只是知道她和一起命案扯上了关系，就想到去学校找找线索。"

"原来是这样。"徐锐点点头，继续问道，"你哥失踪的具体日期是？"

"是2020年3月10日，刚过完年没多久。"

"当时他有留下什么信息吗？"

"他留下了一封信，说是因为魏医生的事感到自责，需要一个人冷静一下。那时孟玥的车钥匙不能单独按开驾驶室的门，我哥觉得是自己没有及时帮她去调试车钥匙，才间接导致魏医生被害。"罗薇说着从包里拿出一封信件递给徐锐，"已经找专人鉴定过了，是我哥的笔迹没错，写得也很工整，不像是被人胁迫的样子，但我就是觉得不对劲。我哥是个对未来有规划，做事很理性的人，对家庭也很有责任感，从不冲动行事，家中父母尚在，他是不会离家出走的。"

"他的手机信息呢？银行卡消费记录？"

"手机一开始还联系得上，发出去的短信也时有回复。可后来有一天他的电话号码突然注销了，成了空号。至于银行卡的消费记录，因为我知道他的密码，也去银行查过流水，发现自从他离家出走后那几张卡再也没有过消费记录。但也许他还有其他的银行卡，我并不知道。"

第五章·工具人

徐锐把那封告别信看了两遍,又在脑中把罗薇说的时间线捋了捋,这时间线和自己心中的某些推断似乎对上了。

"他的房间还保持原样吗?东西有没有动过?"

"大致是一样的,人刚不见的时候我们翻过几次,但没找到什么线索,后来就只是日常打扫,保持整洁,没有刻意动过什么了。"

"我们想过去看看。"

"好,现在吗?"

"你方便的话,现在最好。"

"随时都方便。"罗薇语气里充满感激,"只要能把我哥找回来,我什么都愿意配合,我这就去把车开过来。"

罗薇把车子开得飞快,仿佛一分钟都等不及似的,车刚停稳时,刚刚还晴朗的天空开始变得阴沉。

罗薇开门,将两位警察引进屋里,穿过客厅,罗鸿的房间在北侧。房间里一张双人床,铺着干净的蓝色条纹床单,一个双拉门实木衣柜,旁边是简易书架,床对面还摆放一个铁艺置物架,窗帘是灰色的,窗边是个皮质按摩椅,和客厅的那个是一对。

整个房间十分整洁,地面、桌面上没什么灰尘。

"东西比较少,又打扫过,不知道你们还能不能找到有用的线索。我哥这个人对物质需求不太大,不喜欢买东西,也不喜欢扔东西,从小到大的东西都不多的。"

"我们先看看。"

说完两人都麻利地戴上塑胶手套,开始查看起来。徐锐翻看了床头抽屉和简易书架,书架是摆满的,床头桌抽屉却是空的。古尧则仔细、小心地查看置物架。置物架上的每个盒子中都是整理好的旧物,有儿童时期的玩具,上学用过的笔记本,中学时代的军事模型等,每个人生阶段似乎都能体现。

翻到衣柜时,两人发现全部衣物按照季节叠得整整齐齐,转头询问道:"这是家人叠的还是?"

"家里人叠的,不过他本身也很爱整理,走的时候也是叠这么整齐,我们翻乱了以后又重新叠好的。"

"这是什么?"古尧从衣服收纳盒中拿出一个小物件,长方形,黄色软壳,闻起来有淡淡香味。再看其他的衣物收纳盒中也有这种小东西。

"这——"罗薇仔细看看,"可能是防蛀包吧。"

"也是家里人放的？"

"应该不是，应该是我哥自己的。我爸妈没这么细致。"

"抽屉有没有动过？或者扔过东西？"

"没有，除了日常打扫和换洗床单，其他完全没有动。也说不出为什么，可能就是想尽力维持我哥走时的原状。"

"他出走时带走了什么吗？"

"手机、证件，应该还有几件衣服。"

"介不介意我们看看其他地方？"

罗薇只稍稍犹豫了一下，便点点头。

徐锐和古尧一起查看了房子的其他房间，罗薇一直跟在身后。徐锐进入另外两间卧室时，每个衣柜都打开看了看。

"这房子是什么时候入住的？"

"我想想……应该有十二三年了。"

"你说你怀疑孟玥很久了，为什么觉得和她有关？"

"因为一切因她而起。两位警官，我哥一直顺风顺水的，除了被孟玥她妈妈的事情影响，我实在想不出还有什么事情能让我哥选择抛弃父母亲人，离家出走。"罗薇顿了顿，抬眼问道，"孟玥也是你们的重大嫌疑人吧。"

徐锐没有正面回答，而是将名片递过去，说："现在说什么都还为时过早,但如果有罗鸿的消息,或者你又想到了什么,一定立刻联系我们。"

"好。"

"对了,罗女士。"古尧脱下一次性手套,"我们想要采集你的DNA,有方便对比的样本,对找到你哥哥会更有帮助。"

罗薇从见面开始就一直积极配合,可这时她却斩钉截铁地拒绝了。古尧还想再劝说些什么,但是被徐锐制止了。

走出水云都小区,跨过过街天桥,古尧和徐锐并排走到对面打车回警局。

"他不是即兴、无准备的出走。"徐锐先开口说,"大概率是打算回来的。"

"是的。衣柜里防蛀包的生产日期,是出走前两个月,而其他房间完全没有任何防蛀措施,说明那个防蛀包就是罗鸿自己买的。决定不再回来的人不会在意这些衣服是否被虫蛀。"

"嗯,而且他的房间过于整洁了,连床头抽屉都是空的。我的意思是,房子入住十多年了,总归有些杂物,可罗鸿房间的抽屉全都空了。人们或许会在离开时将重要的东西带走，也会将房间表面收拾整洁，但杂物一般不会动，可抽屉与存放杂物的筐篓全是空的，他知道我们会来，怕我们在细小的看似无关的事物中分析他。"

"所以你也觉得，罗鸿会是那个直接动手的人？"

徐锐点头道："从目前的证据和迹象看来，可能性很大。孟玥用了某种隐蔽的方法联络、控制罗鸿，让罗鸿做出杀害陈阳的举动，帮她报仇。只是有一点我不理解，孟玥就这么笃定我们查不到她和罗鸿的关系吗？还是说她根本不在乎罗鸿是否会被抓到？孟玥并不缺钱，就在前几天我们还在怀疑她分三次取出的一百万现金是用来雇杀手行凶的。她为什么要选择与自己联系更紧密、更加容易暴露的罗鸿呢？"

"也许是罗鸿主动提出来要帮孟玥报仇，好弥补自己曾经的'错误'。又或者孟玥觉得情感控制罗鸿比雇杀手安全。毕竟如果杀手被抓，一定会供出幕后主使，但罗鸿出于爱情有可能将一切责任都揽在自己身上。孟玥在明负责吸引警方视线，而罗鸿在暗扫清一切障碍。"古尧分析道。

"我们现在的一切推断都需要更多的线索支持，继续查吧，我有预感我们离真相很近了。"徐锐深吸了一口气，坚定地说道。

罗薇的出现，使警方寻找良久的"工具人"浮出水面，一直有缺口的锁链终于有了首尾相接的可能性，整个专案组都非常兴奋。

"查查这个人的身份登记信息。"古尧找来技术部门的工作人员，开始在公安机关信息系统中搜索罗鸿，一番查找之后，毫无收获。罗鸿两年内没有消费记录，没有出行记录，社保自两年前断缴后也没有新的缴费记录。查询出入境管理登记记录，也没有发现出境记录。

果然像罗薇所说，罗鸿整个人消失了。

他们还找到罗鸿失踪后罗家人的报警记录，里面有当时罗薇报案的文字记录。

"罗鸿，出走时三十岁，离家时家中留有亲笔告别信，属于成年人自愿出走，因此未按失踪案处理，不符合立案规定。"

"生活痕迹这么干净，会不会真的死了？"刘毅宁看着空空如也的记录问。

"有可能。"徐锐点头回应，"但如果还活着，在现今这个时代能把自己的痕迹抹除得这么干净，说明对方有一个聪明的头脑和强大谨慎的执行力。不好找啊。"

虽然难找，但却是不得不找。徐锐针对寻找罗鸿划定了几个方向，分别把任务指派下去。接到命令的专案组成员分别去忙了。没一会儿，会议室里只剩下了古尧和徐锐两个人。

"你现在将调查重点转移到罗鸿身上，如果最终找不到这个人的话，案子岂不是陷入僵局了？"古尧问道。

"这是目前我们最有希望的一条线了，孟玥筹谋了四年，整个计划一定比我们所想象的更加无懈可击，我还是觉得有很多细节我们没有注意到。"

"我有一个想法，其实除了罗鸿的下落，我们还有一个点可以继续查。"

"什么点？说说看。"

"这个事我琢磨好多天了。记得朱玉萍领养的那个小女婴吗？我一直觉得整件事不太对劲，一个五十多岁且有儿子的农村妇女，是很少会去主动领养一个毫无血缘关系的女婴的。况且朱玉萍这几年没有收入，她爱人的收入也不高。他们的儿子就快大学毕业了，后续的生活以及结婚生子都是需要钱的，这个时候养一个"吞金兽"，你不觉得很奇怪吗？所以我怀疑这女婴可能和孟玥有点关系，甚至那可能就是孟玥和罗鸿的孩子，但因为种种原因不能自己养育，只能先匿名送到福利院，再让朱玉萍去领养。"

"为什么？"徐锐皱紧眉头，"为什么会这么想？"

"你就完全没有怀疑过？"

"关于领养的疑问，当时小叶也提出来过，但我看过了朱玉萍夫妇的领养报告，手续是完全合法的。"

"领养程序合法，不意味着背后就没有问题。"

"可我们也查过了，并没有人见过孟玥怀孕。照孩子出生的日期推断，那时候孟玥已经上班了。"

"也许她不显怀呢，比如胎儿位置靠后。也可以靠厚厚的宽松的外套掩饰，又或者非法代孕呢？而且，如果孟玥真的教唆罗鸿替她复仇，为对方生一个孩子，能将两人捆绑得更加紧密，也更能加重罗鸿对自己的歉疚之情。"古尧分析道。

"但是，假设那婴儿真是孟玥和罗鸿的孩子。"徐锐问道，"为什么孟玥不自己抚养？"

"为了不让我们产生联想。孟玥知道陈阳一死，警方绝对会查到她头上。从罗鸿两年前出走的行为可以看出，两人是刻意在外人眼中切断联系，而如果当时她独自一人抚养女儿的话，警方一定会怀疑孩子父亲的身份，从而深挖她过往的感情经历,那么罗鸿的身份就暴露无遗了。但是如今她把孩子送走了,我们是怎么才得知罗鸿的存在的?是碰巧遇到了罗薇曾经询问过的女学生!这个概率有多小。你想想。"

"如果我们一直没能发现罗鸿这条线,孟玥凭借完美的不在场证明就可以洗脱嫌疑。"

"对,罗鸿等风头一过,或者回平州,或者索性一家三口出国团聚。我去出入境管理局查过孟玥的信息,她父亲在德国,她持有德国的长期签证,出去很容易的。而罗鸿一直没有被警方关注过,想要出国也没什么阻碍。不过——"古尧将刚刚拉长的思绪又收回来,"一切目前还只是猜想,但要验证的话也容易,只要对比一下婴儿与孟玥的DNA就可以。"

"小孩的样本当初福利院应该留存了,需要的话可以调取,但我们拿不到孟玥的。"

"我要是说,我这里有孟玥本人的样本呢?"

在徐锐疑惑的目光中,古尧走出会议室向自己的办公室走去,出来时手中拿出一个密封的物证袋,里面是两根长发。仔细看去,头发还是带着毛囊的。

古尧解释是第一次去孟玥家借用洗手间时,偷偷从梳子上和地板上拿来的两根。"

"这——"徐锐哭笑不得,"你一向是这样办案?"

"非正规渠道得来的物品不可作为证据,但可以帮助我们印证推理是否正确。"

"那么,今天下午在罗薇家里,你怎么没拿她的头发?"

"她对我们有戒心的,全程跟着,而且她家里还有不止一处的监控。总之没有机会搞那些小动作。但孟玥这两根,如今可以派上用场,如果她们真的是母女关系,案子会立即明朗起来。"

第二天一大早。

从起床开始,古尧昨晚的话就在徐锐脑中挥之不去,朱玉萍家的婴儿与孟玥有关吗?他当时也怀疑过孩子的收养渠道,担心里面有什么交易,知道手续合法后,就将这件事归档为事实而非线索。

可现在古尧提出了另一种很有建设的假想。之前本就觉得罗鸿单纯为女友复仇很难说得通,但如果是为了自己的孩子和孩子的母亲,那就是很有说服力的理由了。

他在手机上搜索一番,发现怀孕的体型和反应的确因人而异，想要遮掩并非没有可能，况且还存在非法代孕的可能性。他又隐约记起当初高鸣调查回来时，说那婴儿到福利院时重九斤六两，准备遗弃的话，怕是不会喂得这样好。

就在这时，徐锐的电话响了起来，是古尧的来电，古尧说："女婴和孟玥的DNA检测已经安排下去了。"

"什么时候能出结果？"徐锐问道。

"最快明天。"

"是不是再拿到罗家人的DNA一起做更稳妥些？"

"可以先对比孟玥的，罗薇那边我担心她猜到罗鸿和命案有关，不愿意配合我们工作。毕竟那是她哥哥，可以理解。"古尧的声音听起来有些发愁。

"没关系，专案组的人已经在努力查找罗鸿的下落了。只要找到人，一切就明了了。"

"好，DNA检测有发现的话，我第一时间通知你。"

之后的一整天徐锐主要在跟专案组的成员一起查找罗鸿的下落，但是想要在一天的时间里将一个刻意隐藏了自己两年的人找出来，无异于大海捞针。徐锐猜测罗鸿杀人后，可能依旧躲藏在南城的某个角落，也可能已经默默返回平州和孟玥汇合。但即使将范围缩小到两个城市，寻人工作依旧开展得不顺利。他将高鸣和叶真派回南城，负责南城的搜寻工作。自己留在平州，等待 DNA 检测结果。

第二天，徐锐还在睡梦中，就被手机铃声吵醒了。他睡眼惺忪地看向屏幕上的来电人，瞬间清醒了过来。

"喂，你这么早打给我是结果出来了？"

"是的，结果出来了。"古尧声音没有预期的兴奋，有些过分平静。

徐锐从古尧的语气中已经预见到了结果，心往下坠了坠，但还是开口问道："我们的猜想错了？"

"女婴和孟玥卫生间的毛发结果显示，两者毫无亲属关系。我们猜错了。"

"会不会是样本受到污染了？我可以向上头申请，直接对孟玥进行信息采集。"

"两根头发都有完整的毛囊，样本没问题，而且他们做了两次，女婴和孟玥的样本完全不匹配。这两根头发，一根在主卧洗手间的发梳上，另一根在地板上，散布均匀，我想作假的可能性不大。况且带着毛囊的别人的头发也不是那么好获取的。"

"既然这样,也别太失落了。"听着古尧低落的声音,徐锐安慰道,"案子就是这样查的,任何一根绳子都要伸手拽一拽,否则也不知道哪一根上拴着我们想要的苹果。"

"真是希望多大失望就有多大。"古尧轻轻叹气。

"先别灰心,算是黎明前的黑暗吧,至少现在有方向了。或许我们很快就能找到罗鸿,到时一切就解决了。"

"你说罗鸿会不会已经死了。他这两年没有消费记录,没有身份证信息登记,没有一切生活气息,如果犯案后,他被孟玥以绝后患为由除掉了呢?我们再也找不到他了,这起案子是不是就真的走投无路了。"

"我不知道。现在证据表明女婴和孟玥并无关系,那么我们昨天猜想的孟玥用来拴住罗鸿的最重要的砝码就不存在了,罗鸿真的还会是凶手吗?"

"罗鸿的身高、体型和视频中都能对得上,而且也有充足的理由和机会犯案,案件调查到现在这个地步,似乎没有能比罗鸿嫌疑更大的犯罪嫌疑人了。"

徐锐回忆起那段监控视频,微微点一点头,又摇摇头。那画面他看了几十遍,像印在脑子里似的,但猛然一想,反倒是记不清楚了。

南城老城区，胜利北街的"车易美"修车店内，赵腾正抽空刷着手机。

今天是星期二，来洗车的客人不多。他先是浏览了几个社会热点，再刷本地新闻。页面显眼的位置报道了一起烧尸案，点进去看，文章对于案情的形容较为模糊，只说某地发现一具烧焦的男性尸体，同时呼吁市民提供线索。

他读了三遍，退出网页，随手将烟头扔在店外的一条排水沟里。

几乎同时，有车开了过来。

"您好，欢迎光临！"赵腾迎上的同时换上职业化笑脸，"怎么洗？"

"精洗，有卡。"

"好的，大约半小时，您带好贵重物品。"

热情接过钥匙，在检查车子整体状况、确认没有破损后，他将车子移入洗车位，开始那套熟悉的机械化的流程。

车行共有四个洗车位，加上前面的空地总共可以停靠七八辆车，三个洗车工人，一整天的活干完后，通常都是腰酸背痛。赵腾个子不高，体型偏瘦，但体力和耐力都不错，这样艰苦的日子已经持续两年之久，他却总是保持愉悦和

第五章 · 工具人

平静。

晚上9点30分,车行的卷门关闭,老板将几人招呼进店内的办公室内。今天是发工资的日子,老板先用手机转账给了前两人,轮到赵腾时,拿出一个信封说:"你这个月请假两天,工资已经扣掉了。"

"嗯,谢谢老板。"

他收好装有现金的信封,转身就去了隔壁的二十四小时便利店买烟。他大多数时候都抽牡丹牌香烟,在平价烟的范畴内算是合口味。付款时他从装有工资的信封中抽出一百元。

"还是现金呀?"收银员刘媛问道。

"嗯。"

"今天实在没零钱,我还给你记下来怎么样,下次一块儿找。"刘媛说着就拿出记账小本子,有一页专门给赵腾做记录,虽然她这里的零钱都给赵腾留着,但也经常会有"库存不足"的时候。

"赵哥,要不你还是申请一个支付宝或者微信支付吧。"同是洗车工的小周实在是忍不住了,"真看不下去你这种只用现金的,太不方便了,你怎么网购,怎么交社保费、电话费啊?"

"我不网购,缴费去办事处或者营业厅就好了,总用那个可存不下钱。"赵腾直指对方的付款码,"就是因为用现金不方便,所以能不花就不花,钱就这么存下来了。"

"那请客呢?你请人家吃饭,服务员拿着扫码器来,你掏现金数数,多丢面子啊。"

"不可以吗?"赵腾尴尬笑笑,"饭店要赚钱,总不会不收吧。"

"就是,你管人家用什么呢。国家规定了,哪儿都不能拒收人民币,赵哥给我啥我就找啥。"收银员刘媛反驳完小周,又转头对赵腾打趣道,"不过赵哥,其实我每天给你攒零钱也挺不容易的,有时候两三天都收不到一次现金,我还要自己去换。你看你都发了工资,要不,也请我吃顿夜宵呗。"

小周看刘媛心情不错,也摆出笑眯眯的表情说:"媛姐,你怎么不问我?我愿意请你啊。"

"行了吧,也不撒泡尿照照自己,我问赵腾呢。"刘媛向小周投去一个嫌弃眼神,转而温柔地盯着赵腾继续问,"什么时候请我吃饭?择日不如撞日,我到现在还没吃晚饭呢。"

第五章・工具人

"请客没问题,不过得改天了,今晚……我在家看球赛。"

"什么球赛?"

"足球,有时差,要看到半夜了。"

"哦,那行吧。"刘媛有点失望,"那就改天,等你有空,可说好了。"

"嗯。"

赵腾回到出租屋已过了晚上10点。那是一栋六层的老式公寓,他住在二层,没有电梯,经过一层的垃圾站时需要快跑几步,因为总能闻到难闻的气味。他上楼插入钥匙,推开两室一厅的出租房门,脱下洗得发灰、领口变形的T恤搭在椅背,在那张简陋的单人床上休息了一会儿。

这套两居室是他独自租住,房东最初几次强调转账比较方便,可他还是坚持用现金,房东也就妥协了,毕竟难得有这么准时交租又文明干净的租客,一个月顺路来一次也不算多么麻烦。

赵腾打开衣柜,检查前几天新买的衣服。那是在百货商城旁边的小巷里购买,那里人多监控少,不会有人注意也不容易留下证据。他穿上驼色长裙,浅灰五分袖上衣,戴上一顶及肩长度的假发,最后蹬上深棕色的圆头小皮鞋。屋内没有穿衣镜，他将洗手间的门打开，越站越远，直到膝盖以上的部分都映在镜子内，左转右转，觉得足以以假乱真。

确认好搭配后，再脱下衣服，摘掉假发，锁在另一房间里。接着他摊开一张打印出的地图，图中每条街道的监控都被标注在上，不但要了解个数，还要看监控的型号，全都避开比较困难，若不得不暴露，只能选择乔装的方式加以辅助，但这就需要有合适又隐蔽的换衣场所。

这里，和这里，或许合适。赵腾将可能的地点用红笔标注出来，想着明后天上班之前或许能去看一眼。

他没有多少时间了。幸好，也并不需要多少时间了。

第六章 ∨∨

铜墙铁壁

她是人，不是神，而天网恢恢疏而不漏，你敢确定，自己没有留下任何破绽吗？

东方不亮西方亮，南城专案组这几天除了寻找罗鸿的下落，更是通过加大人手的大规模排查，找到了监控中出现过的嫌疑车辆。徐锐听闻后立马坐高铁返回南城。

之前查看监控时，嫌疑车辆最终开入监控盲区，难以追踪，技术人员只得根据车辆的外貌特征缩小范围。可车子品牌普通，颜色寻常，搜寻工作如同大海捞针，如今车子又在新一轮排查中出现，真是惊喜。

车辆停在距离案发地十几公里之外的一处废车场的仓库里，非常偏远。专案组之前排查过南城所有废车场，并未发现嫌疑车辆，推测车子先被藏匿至其他地方，于近期才放至此处，试图销毁。虽然前后车牌都已摘下，但根据摄像头中的车灯特征与车身磨损痕迹来看，很大概率是同一辆车。检验人员迅速到位，参考清晰处理后的监控视频，对比车辆的个体特征，确认了这就是当晚视频中出现的车辆。

车子外部布满灰尘，夹杂着落叶、纸片、杂草，内部却十分干净，明显已经进行过全面清洁，用的是强力漂白剂。勘验人员心里一沉，在这种情况下，指纹、毛发、衣物纤维等怕是不可能留下。果然，痕检人员忙活了几个小时，别说指纹，连一根头发丝也没有提取到。

最终，只好化验车辆外部的一些附着物与零星散落物，他们还在车子的右后轮处缝隙找到一根烟头。这些细碎物件被一一塞进无菌证物袋里。

见到烟头时，徐锐下意识地多看了两眼。凶手作案之时全副武装，谨慎小心，难道多日之后在处理车辆时些许放松，觉得能完全置身事外后，才放松警惕抽了一根香烟吗？又或者说这只是不相干的人抽完烟后随手丢弃的呢？

"化验这些物证上的DNA，尤其是这根烟头的。"

"好的，徐队。"

物证送回南城警局后，鉴定工作很快展开，检验人员在废纸片、树叶等杂物中没有提取到有效成分，但从烟头中提取到一份男性DNA样本。徐锐立即打电话给平州的古尧，拜托她将女婴的 DNA 图谱发过来。

挂断电话后没一会儿,徐锐的手机上收到了女婴的 DNA 图谱信息,经过技术人员的比对,确认二者为父女关系。得知鉴定结果之后,徐锐长舒了一口气,他猜对了。

可转念一想,这发现又似乎过于巧合,烟头与其说是凶手不小心遗落的,倒更像是专门准备在那里,等待警方发现似的。当然这个想法毫无根据,只是徐锐身为刑警多年的直觉。

徐锐再次给古尧打去电话,说明情况后让对方无论如何也要搞到罗家人的 DNA 信息,他要确认这个出现在了嫌疑车辆旁的男性到底是不是罗鸿。古尧一口答应,尽快拿到 DNA 信息。

徐锐有了些许时间让自己冷静下来思考一下目前的情况。如果这个神秘男人就是罗鸿,那么说明他在失踪的这两年里和孟玥之外的未知女性生下了一名女婴,而这名女婴在出生后被匿名送往福利院,后被孟玥的前保姆领养。

徐锐的思绪开始发散,会不会是当年魏玲出事后,孟玥用情感和歉疚相威胁,要求罗鸿替自己报仇。罗鸿无力招架,却也害怕惹祸上身,只能留书一封暂时躲到别的城市。

第六章·铜墙铁壁

独自在异乡生活的罗鸿结识了另一个女人，并生下了一个女儿。但是没想到自己意外被孟玥找到，对方抢走了女儿，并威胁罗鸿只有替自己杀了陈阳，才能找回女儿。

徐锐想到这里，笑了一声并摇了摇头。自己这个猜想未免过于不靠谱了。且不说警方耗费了大量人力物力都没有找到的罗鸿，孟玥一个普通人怎么找到对方。就说孟玥真拿罗鸿女儿威胁，孩子的妈妈又去哪里了？为什么不报警？而且看这个孩子在朱玉萍家的吃穿用度，孟玥显然是给了大钱的，如果真的是前男友和陌生人的孩子，孟玥有必要付出这么多吗？

但如果不是这样，现在的状况又该怎么解释呢？一切都要等古尧那边拿到罗家人的 DNA 样本才行。但无论这件事和罗鸿有没有关系，孟玥都一定在其中起到了很大的作用。

古尧接到徐锐的消息后，直接给罗薇打去了电话，正在上班的罗薇吓到手脚冰凉，以为罗鸿出了意外，自己是被通知去认尸的。当得知警察并没有找到罗鸿的下落，但是需要她提供 DNA 样本进行化验时，心里更疑惑了。

古尧因为上一次被罗薇拒绝了，这一次语气愈发严肃，并且向罗薇强调了要是再次不配合调查的话，警方只能使用强制手段。

哥哥活不见人死不见尸，自己却要配合化验，这到底什么情况？但不论她在电话里怎样追问，古尧对细节依旧守口如瓶，只是说案子发现了新的线索。

罗薇有不好的预感，心想可能是在现场发现了什么DNA信息之类的，警方怀疑是哥哥留下的，才会让自己去提供样本。一时间，她不知看到的是希望还是绝望，她没有告知父母，害怕让他们跟着一起担心。

如果对比成功，意味着哥哥还活着，而且可能很快就会被找到，但是否也意味着，哥哥是"7·20焦尸案"的凶手？她先咨询了律师，得知这种情况下确有配合采集样本的义务，只好按照古尧的通知来到警局的鉴定中心，血液采集完毕后，她茫然地坐在椅子上，沉默了很久，最后还是默默地回了家。

第二天一早，徐锐带上高鸣、叶真再次返回平州市，下了高铁三人直奔朱玉萍的家。听到孟玥可能涉及命案，朱玉萍面露惊恐，情绪明显不安，但还在坚持着什么，支支吾吾。倒是她丈夫一副欲言又止的样子。

"大姐,到底是不是孟玥让你领养的孩子?她现在是一起命案的犯罪嫌疑人,如果你有关于她的线索却知情不报,你知道等待着你的是什么吗?"叶真说道。

"行了行了,咱就说了吧,本来也不是犯法的事。"张福军嫌弃地瞥了老婆一眼。

朱玉萍长叹口气后,终于开口道:"是,这孩子是玥玥让我领养的。大概是去年年初的时候,玥玥忽然找到我,说她想领养一个小女孩,但是她没结婚,单身带孩子的话传出去不好听,就问能不能以我的名义先在福利院排着队,等到有合适的,先帮她养着,说等孩子大一些了再接回去。哦,玥玥她……她还给我拿了三十万块钱。"

"这三十万是孟玥给你的劳务费?"

"是啊,本来我说就按以前的工资算,每月五千,但玥玥非要一次性给那么多,还说这孩子的花费也从里面出,钱放我这里,孩子用着方便。但这个钱我其实就动了不到五万,还都是给这孩子花的,现在的奶粉纸尿裤都贵得不得了,剩下的钱我一分没动。"

"她拜托你,所以你就养了?"高鸣质疑,"她一个单身未婚姑娘领养孩子，你就没觉得这种要求很奇怪吗？"

"唉，那肯定是怀疑过啊。"朱玉萍很害怕，对于徐锐投过去的眼神是既不敢直视，又不敢闪躲，"当时左思右想，怎么都觉得这事不靠谱，就琢磨着，这孩子会不会就是玥玥的，但我只是想想，什么也没问过。我想着如果真是她自己偷偷怀孕生孩子，肯定是不希望别人知道才来求我帮忙，我在玥玥家那么久，看她都算半个闺女了，那我肯定要帮的呀。对了，警察同志，这孩子真是玥玥的吗？"

"这个我们不能透露。"

"我知道的可都说了，手续也都是按福利院要求办的，我们两口子应该没犯法吧……我们真的什么也不知道，只是想帮着带孩子赚点养老钱。"

"这个我们会调查清楚的，以后再有问题还会联系你，一定要如实说明。"

徐锐三人离开朱玉萍家时，她仍然是那副慌乱的样子。

三人走到小区门口，徐锐的电话声响起，他接听了之后，瞬间精神振奋了起来。

"走，我们该再去会会孟玥了。"徐锐说道。

平州警局里,孟玥脸上满是不耐烦,表明自己对上班过程中被叫过来问话的不满。

"孟玥,你怎么解释,你家的保姆收养了罗鸿的女儿?"

"什么保姆,谁的女儿?"孟玥面露惊讶神色,"罗鸿他……不是失踪了吗?"

"孟玥,你这样装傻很不明智,我们已经找过朱玉萍,她全都承认了,是你给了她三十万元,让她去福利院收养那个女婴。福利院的收养合同中有女婴的DNA报告,我们已经和涉案车辆上遗留的DNA做过对比,女婴和罗鸿是父女关系。而这个女婴是你指定领养的,别告诉我你压根儿不知道这是罗鸿的女儿。"

"我真的不知道,你说的是真的吗?"孟玥一脸震惊地摇摇头,像是询问又像是自言自语,"天啊,我只是想去领养一个孩子,怎么偏偏领到他的女儿……他什么时候生了个女儿?"

"一领养就领养到前男友的孩子,会有这么巧合的事情?"叶真不无讽刺地质问道。

"可我真的不知道领来的是谁的孩子,我以为只是个弃婴。前几年我家里经历了这么多事,自己感情也不顺利,这辈子是不打算结婚了,所以才会有领养孩子的想法。但根据收养法,我单身且还没有满三十岁,不符合领养规定,所以才想让朱姨先替我养着,等小孩子大一点儿我再接回来。我承认这么做是有点投机取巧,但当初也问过律师,只要朱姨的手续完全合法,那么这个领养行为就是合法的。有人用亲戚的名额买房子,有人用朋友的资格开公司,大家都是利用规则合理规避而已。"

"如果真像你说的,那你为什么隐瞒朱玉萍的行踪,我们问你姓名电话你为什么说不知道?"

"因为我毕竟利用规则,没有那么堂堂正正,而且,我也不想让无关的人牵扯进来。说真的,我到现在都不敢信那居然是罗鸿的孩子,当时只是觉得难得有身体健康、年龄小又五官漂亮的小女孩,看着也有眼缘。我也理解你们为什么会那么想,连我都觉得巧到不可思议。但这完全就是巧合,朱姨的确是根据我的要求去领养了一个孩子,但当时的领养信息都是公开的,那个孩子也可能被平州任何一对符合条件的夫妇领走,怎么能说是我一手策划的呢?"

孟玥这一番说辞,虽然无法说服徐锐,但逻辑上徐锐竟然也不知从何反驳。此刻她脸上那种惊讶的表情已经消失,逐渐浮现的是十足的冷静。

徐锐和叶真刚走出讯问室，高鸣就迫不及待地从旁听室冲出来求证道："徐队，她这情况到底算不算违法？听她说得头头是道的。"

"程序上来说，她没有什么大问题，因为真正的收养人是朱玉萍，她只是利用规则，不算违法。"

"那朱玉萍还能继续养着小女孩吗？"

"我不是说了吗，领养手续是完全合法的，先这样吧，随时观察。"

叶真气愤地说："既然孩子由朱玉萍继续养着……那孟玥呢？难道怎么来的还让她怎么回去？太憋屈了吧。"

"的确只能让她回去，不过也别灰心，至少现在有理由搜查她的房子了。"

时间差不多了，做完记录，也要放人走了。孟玥签字完后沉声说道："我还是那句话，我没做过违法犯罪的事情，我也不怕查。如果你们有需要，在不影响工作、生活的情况下我会尽量配合。只是你们把全部的注意力全都集中在我身上，只会让真凶逍遥法外的。"

徐锐没理会孟玥最后一句话中的夹枪带棒，道："孟玥，这是对你相关住宅的搜查证。"

说完从身后的桌子上拿起刚刚签发的搜查许可。

孟玥接过那张纸,很是细致地看了一遍,问道:"罗鸿的DNA出现在了凶案现场的车辆上,不应该搜他的家吗?为什么来搜我家?"

"他家会搜,你家也需要,还请你配合我们。"

"好吧。"孟玥冷冷地回应道,"既然有搜查令,我再不愿意也没办法。不过请你的同僚们注意一些,我家的东西比较多,都很有纪念意义,要是有弄乱弄丢的情况,我会要求赔偿的。"

搜查进行了一整天,没有表面收获,结束后专案组把孟玥两处住所中可能有用的物件全部带回警局里,不论大小。

在技术人员夜以继日查看时,古尧则戴着橡胶手套,一本本翻阅那些抱回来的部分书籍。

徐锐走上前去,看到她手中那本的封面写着"犯罪心理学"的字样。

"还研究上了?这里面有什么发现吗?"

"别墅里的书大部分是比较新的,我把少数阅读痕迹比较重的十几本拿了过来，暂时没有发现，但读着还挺有意思的。不过有时候，成果并不在于发现了什么，而是没发现什么。"古尧放下书，摘掉橡胶手套说，"你不觉得奇怪吗？我们翻遍她全家，都没有发现她母亲的骨灰。"

"是吗？"徐锐稍加思索，试探着问，"骨灰不是安葬在陵园了吗？"

"不，没有。当年我有点印象，她并没把骨灰放在陵园，而是带回了家里。孟玥对母亲感情很深，很孝顺，对她而言那是最重要的东西，要一直放在身边。可我们查看了每一个盒子、罐子、柜子，都没有发现。不但没有骨灰，整个别墅和公寓中也没有任何一张和母亲的照片，手机中、电脑里，或是打印出来的，一张都没有。"

"你的意思是，除了这两个地方，她还有其他居所？然后将这些东西都放在那里？"

"有可能。"

"所以……罗鸿也藏在那里？"

"只是个推测。但是我们盯了这么久，也没发现她出入其他地点。"

"准备再充分的人也经不住搜查，等着看吧，一定会有收获的。"

然而整整三天过去，在带回警局的所有物件中，几乎没能提取到有价值的信息。

之前寄予厚望的电脑、手机中都没找到可疑记录，里面全是休闲、看剧痕迹，聊天和搜索记录里简直连一个敏感词汇都没有。

而指纹方面，除了孟玥、孟玥的外婆，家中没有其他任何指纹。下水道中也检验不出第二个人的DNA。

罗薇自从被采集完DNA信息后，便没有收到任何警方的消息，甚至连DNA比对的结果，她也并不清楚。她尝试过给古尧打电话，但是对方以案情重大为由，拒绝将结果告诉她。有的时候没有回答也是一种回答，如果那个人不是哥哥，警察为什么不告诉自己呢？罗薇内心已经认定，哥哥是真的参与进了这起案子。

一想到自己的亲哥哥很可能是杀人凶手，罗薇就感觉自己未来的人生愈发灰暗。忙碌的工作，逐渐年迈的父母……多重压力之下，罗薇几近崩溃，每天夜里都在自己的房间无声痛哭。是的，她甚至不能哭出声来，这样会引起父母的怀疑。她在心中祈祷，就算哥哥最终被警方抓住了，这一天也能晚一点到来，父母能晚一天得知这个消息。

又是一天深夜，罗父罗母已经回房休息，罗薇也打算回房间了。就在这时，玄关处传来一阵敲门声。

罗薇疑惑，谁会在半夜敲自家房门呢？她轻手轻脚走到门前，不知该不该打开猫眼上的挡板查看。犹豫之间，那敲门声没有停下，咚咚，咚咚，清脆有力。

想到家里毕竟有三个成年人，罗薇才壮着胆子问道："是谁啊？"

"薇薇吗？是我。"

听声音是个男人，他怎么知道我的名字？而且声音隔门传来，竟然有些熟悉。

"是谁？"她提高声调再次问道。

"是我，薇薇。"那个声音顿了一顿，"我是哥哥。"

门内的罗薇霎时愣住了，声音是有点像的，但这情景实在太不现实，她怀疑这是恶作剧。

"你再说一遍你是谁？"她一边问一边悄悄通过猫眼观察门外的人。

"薇薇，开门，我是罗鸿。我回来了。"

那声音再次重复,这次她确认了,一把拉开房门。眼前的男人肤色黝黑,剃着短短的圆寸,面孔沧桑,身上的衣服廉价而破旧,但即便这样还是能一眼看出,那正是罗鸿。

真的是他,他回来了!

"哥!"

罗薇扑去拽住罗鸿的两只胳膊,确定了是真人,激动得简直要站立不住。"你快进来,快!"她一把将罗鸿拉进门内,冲着屋里大喊,"爸,妈,你们快起来,快看是谁回来了!爸,妈!"

主卧的灯打开了,父母被吵醒,穿着睡衣走出房门。

"这么大声喊什么?"

罗妈话音刚落,就看到了站在门口的儿子。

她当即原地愣住,张嘴想说什么,却发不出任何声音,只是双眼目不转睛地死死盯着。还是罗鸿慢慢走近,一声"妈"叫得她的身体剧烈颤抖,这才发疯一样紧紧抱住儿子,放声大哭起来,又捧着他的脸反复辨认。其实她早已认出来,只是不敢相信,两年里他们逐渐接受命运安排,连认领尸体的情形都想过了,从来也没有奢望过会有这样毫发无损、近在眼前的重逢!罗妈近乎贪婪地看着儿子,还是说不出话，只是哭，这两年间想说的话全从眼眶里流出。

二老突逢大喜，一边哭一边笑，到最后都有点喘不上来气，罗鸿和罗薇连忙搀着两位老人坐到沙发上，罗薇又倒了两杯水。在罗鸿的轻声安慰下，两位老人总算平静下来，但罗母还是一只手握着罗鸿的小臂，生怕儿子的归来只是一场梦。

折腾了小半个小时，看到父母身体已无碍，罗薇擦干由于激动而掉落的眼泪后，问出了困扰她两年的问题："哥，你这两年去哪儿了？"

"不重要，回来了就好，回来了就好。"罗母声音颤抖，看到儿子平安归来，这两年来的疑惑和不解她已全然不在乎了。

"妈，不是那么简单……哥哥他，可能惹上麻烦了！"罗薇不知道怎么将罗鸿很可能是杀人犯的事情说出来。

罗鸿抬头看向两年未见的妹妹，眼神复杂。罗薇被看得内心一惊。

就在父母二人疑惑女儿为何这么说的时候，门外再次响起敲门声。罗鸿拦下起身要去开门的妹妹，轻声说："没事，我去吧。"

罗鸿的手握在门把手上，他轻轻呼出一口气，像是做足了准备一样，决绝地打开了房门。

"罗鸿，你涉嫌一起恶性杀人案，现在依法对你实施拘传，跟我们走一趟吧。"门外是徐锐等人。

罗鸿毫无反抗意图，跟警方上了车。

罗父罗母从一开始警察上门的惊恐，到得而复失后的悲痛，尽管有罗薇在身旁阻拦，二人还是一边哭一边叫地试图上前阻止警方将罗鸿带走。两个老人对发生在罗鸿身上的事情一无所知，但本能地意识到危险，他们无法承受再次失去儿子的可能。

"爸妈，你们放心，我只是去警局配合调查，你们好好在家休息，我很快就会回来。"罗鸿坚定而有力的声音，很大程度地让罗父罗母安下心来。在他们眼中，儿子是那么优秀，不可能和什么恶性案件扯上关系。

一整晚心情大起大落，两位老人早已撑不住了，在罗薇的搀扶下，罗父罗母蹒跚着回到房间。看着再次安静下来的客厅，罗父追问罗薇是不是知道罗鸿身上发生了什么？

罗薇此时已经瞒无可瞒，只好把最近的所有事情都讲了一遍。

所有事情听罢，罗母不敢置信地反复叨唠着："不可能，

第六章·铜墙铁壁

我儿子不可能是杀人犯，一定是哪里搞错了。"

"妈，哥哥现在只是嫌疑人，他现在也只是去警局协助调查，一定不会有事的。"罗薇勉力安慰着母亲。

而罗父则是久久的沉默，沉默最终化成一声长叹。如今一家人能做的只有等待。

徐锐一直安排了人在罗家附近盯梢，就是想看看罗鸿会不会自己出现。终于功夫不负有心人，在昨夜接到了盯梢警员的电话，说是一个身形、年纪都与罗鸿相符的男人出现在了罗家门口。

徐锐申请到了拘传令后，立刻带着人手赶到罗家所在的小区，原本还担心罗鸿知道警方的到来之后会激烈反抗，结果没想到罗鸿全程超乎正常的配合，丝毫没有被警方拘传的紧张感。

警方采集了罗鸿本人的 DNA 样本，再次和可疑车辆车轮上的烟头以及女婴的 DNA 做比对，结果一致。

罗鸿交代了自己这两年的行踪，包括之前的工作地点和出租屋地址。但是关于陈阳一案的任何问题都拒不回答，说是要等自己的律师到场。

南城专案组成员马不停蹄前往罗鸿于南城的出租屋进行搜查，并于第二天走访了车行老板及其他员工。几人听闻情况后简直要惊掉下巴，尤其是车行老板，说赵腾在店里一直老实本分，颇有规矩，从不偷懒和越界，看起来是再好不过的人。

警方在其出租屋内搜出一些衣物、书籍等私人物品，一张写有"赵腾"名字的身份证，两部手机。除此之外，并未找到与案件相关的可疑工具。

警方根据身份信息查证确有"赵腾"此人，但他的身份证在两年前就已经遗失，早就办理了新的证件，罗鸿也并未用"赵腾"的证件办理过银行卡，没有进行过登记住宿、购买车票等需要出示身份证件的行为，因此失主没有注意到有人冒用。

因为还要负责罗鸿的讯问工作，徐锐无法回南城，只得跟局长开了一个电话会，将案件全部证据罗列并作逻辑陈述。复原之后的案件经过大致如下：

孟玥决定复仇后，便以某种方式说服自己的昔日男友罗鸿，让其在南城潜伏，化名赵腾，一边在修车店打工，一边找到陈阳母子的住所，摸清二人的生活规律。接着在两年间多次对母子实施复仇行动,均由于陈义红的高警惕性或罗鸿自身的行为偏差导致失败,最终在7月17日将陈阳顺利绑走,并于次日焚烧致死。罗鸿完成一切后将车子藏匿于某处,后又开至废车场试图销毁。而远在平州的孟玥只是进行了教唆行为,没有实际行动,因此拥有不在场证明。而罗鸿处理车辆时遗落的一根烟头成为唯一破绽。

"那么现有证据能形成证据闭环吗?"局长发问。

"还不行。我们在罗鸿的出租屋内没能找到受害人的关押痕迹,没有任何血迹和毛发,也没有衣物纤维。至于作案车辆,虽然根据痕迹检测能确定是同一辆车,但烟头是在车轮处的缝隙中发现的,严格来讲属于车辆外部。如果烟头出现在车子内部,就能说明罗鸿去过犯罪现场,但是出现在车外,就无法形成证据闭环。因此,案子目前的证据链是不牢固、不能指向唯一的。所以在讯问过程中,我们会想尽办法问出罗鸿与孟玥联络的方法,作为证据链的重要补充。而且,他还请到了周强律师为他代理。"

"周强?那个周强吗?他收费可不低,真舍得花钱啊!"

这个如此普通的名字,却是这个地区最为有名的刑辩律师之一,最擅长抠细节、找特例,攻破检方的证据闭环,最终"疑罪从无"。即便现有证据无法影响罪行认定,也几乎每次都能为嫌疑人辩到法定刑期的最低年限。

"很贵,但是值得,胜率奇高。"徐锐道,"罗鸿家境不错,老人好不容易盼回儿子,一定全家倾囊。"

"让技术那边盯好孟玥的资金动向,周强可不是普通家庭请得起、请得动的。"局长喝了口茶,边皱眉边感慨,"罗鸿会出现,想必是做了比较充足的心理准备,让他供出幕后教唆人会相当困难,但也不是没有可能。总之要有速度,也不能出错,注意措辞,千万不能诱供,这是关乎市局形象的大案要案,懂吗?"

"明白。"

一切准备妥当后,罗鸿被带入讯问室。对于讯问,每位侦查员有自己的风格,徐锐习惯于一气呵成,快速逐层出击,不给对方反应时间,综合一句就是建立"威慑状态下的和谐关系"。但在"7·20焦尸案"中,嫌疑人计划周期长,又经过精密准备,这种情况下的突破口可能需要在反复试探与博弈中,根据对方的反应再来寻找。

按照安排,前两个讯问日,都是高鸣和一位有经验的老侦查员进入讯问室，摸清楚罗鸿的备战策略。徐锐则在智能控制室内，通过高清摄像机观察。

在整整两天的讯问过程中，罗鸿对大多数问题是一问三不知：没有和孟玥联络过，认不出改名后的吴昭，18号案发当天请假是因为身体不舒服。除了否认，就是沉默，而这也和之前专案组的分析不谋而合。

"果然是这个策略，就是一句不知道，两句不知道，什么都不知道，看来他也知道说得越多错得越多。"高鸣不耐烦地抱怨。

"别急，还不到时候。"徐锐安慰道。

在两次拉锯策略之后，到了第三次传唤，轮到徐锐亲自讯问。整整一个上午，讯问室内无人进来，而这期间罗鸿连一杯水也没有要求。

直到午饭时间，徐锐才拉开讯问室的门，将笔记本电脑放在桌上，身后的叶真拿着两份午餐跟进来。

"饿了吧，吃点东西，我们今天聊点别的吧。"徐锐让叶真将其中一份餐盒递过去，随即回到讯问桌上打开自己那一份，"修车可是相当辛苦的活儿，我看你也是读过名牌大学的文化人，就算是离家出走，为什么不找一份普通的文职工作？朝九晚五坐办公室不好吗？"

徐锐一边问，一边打开餐盒直接吃起来，不同于前日的压抑气氛或许让罗鸿感到一丝松弛。他稍微活动了自己的肩膀，也将面前的餐盒打开。

"没什么，我喜欢车。"罗鸿夹起一只虾仁放到嘴里。

"原来是这样。"徐锐点头应和，"我也喜欢车，小时候我最喜欢火车，去火车博物馆，买火车模型，看有火车的电影，只要是和火车沾一点边儿的都喜欢。成年了呢，就喜欢汽车了。对了，你喜欢什么牌子的车？油车还是电车？"

"我不太明白，这和案子有关系吗？"

"午饭时间，闲聊嘛。我们讯问人员也是人，也不能一直绷着。如果不考虑价格，我看中了沃尔沃XC90，性能好，外观简约大气，不过现在电车也是真的方便。你呢？不考虑价格，想开一辆什么车？"

"我喜欢兰博基尼。"

"哦，原来你喜欢……风格张扬的。"徐锐点着头，拿起杯子喝一口水，"我之前和你妹妹见过面，你知不知道，她喜欢什么车？"

"不要聊我的家人，可以吗？"

"都说了闲聊吗,而且这是你妹妹主动告诉我们的,她现在开的还是家里那辆十几年的迈腾,经常出毛病,总得去维修。她真正喜欢的是奔驰 GLC,可惜爸妈不肯买,理由是要等结婚给她当嫁妆。可是——"徐锐停顿一下,轻快的表情略微变得凝重起来,"可是因为你的失踪,以及牵涉进命案的事情,她到现在都没办法找男朋友,更不要提结婚了。"

"我吃完了。"罗鸿眼前的饭菜其实只夹了几口,但他面色严肃地盖上盖子。

"吃这么少,不合胃口?"

"不,挺好的,我不怎么饿。"

"那再喝点汤吧,冬瓜白玉菇汤,味道很鲜。"

徐锐一个眼色,身边的叶真立即起身,将放在外屋桌上的两份汤也端了进来。

"既然你不想提家里人,那外人可以说吧。前两天你一直说这两年和孟玥完全没联系,你就不想知道,这两年孟玥是怎么过的吗?"

"我们早就已经分手了,我并不关心她的生活。"

"是吗?"徐锐轻笑了一声,扭头对身后的叶真说,"把照片给他看看。"

叶真随即将文件袋里厚厚一沓照片放在罗鸿面前,那是罗薇当初请私家侦探拍摄的照片,如今为专案组所用。罗鸿用余光看了一眼,没有伸手去拿,依旧只是低头喝汤,一只小勺放在嘴边吹了又吹。

"真的不看看照片吗?"徐锐追问,"这么多呢。"

罗鸿用一贯的沉默对抗。

"那我来描述一下吧,我只知道她在这两年间,过得轻松、滋润,住着平州市区内几乎最好的房子,上着闲散舒服的班,吃吃饭,跑跑步,买买东西,看看电影。你注意到她的气色了吗?明亮红润,没有一点疲倦。而你呢?你辞掉工作,远离家人,做着与你天赋不相符的体力活,现在还可能面临杀人指控。都说真正的聪明人会以冠冕堂皇的名义把风险转嫁给其他人,只是不知这其他人觉得这到底是爱,又或者是利用呢?"

"杀人指控?"罗鸿猛然抬头,不无讥讽地笑道,"我真搞不懂,怎么就非要盯上我?你的同事问了我两天,可我根本没联系过孟玥,也的确不认识那个死掉的男孩子。是不是我怎么说,你们都不相信呢?"

"你没联系孟玥,也不认得男孩,我可以暂且相信你。

那么……这个孩子呢？认不认识？"

徐锐这一次递出的照片上，正是朱玉萍领养的小女孩，只不过照片上的女孩只有三个月左右。

"不认识。"罗鸿拿起照片粗略扫了一眼便放回原处，迅速答道。

"这么快就看清楚了？要不要再仔细看一看？这里还有一张她稍大一些的照片。"

罗鸿本要拒绝，但徐锐再次递来的照片中，那孩子是躺在病床上，额头插着输液的针管，罗鸿本要拒绝的手在空中微微停顿又伸出去接，这动作幅度并不大，但在摄影机前十分明显。

"有用，你看！"高鸣在智能控制室内用巨大的显示器观察罗鸿的肢体动作与表情，"怪不得头儿让我找一张孩子生病的照片，原来是这时候用，看罗鸿的反应，他肯定知道这是自己的女儿！"

"别高兴得太早，再看看。"同样盯着显示器的古尧说道。

而此刻讯问室内的徐锐熟练地拿出一支烟叼上，同时也从烟盒中抽出一支递给罗鸿，是牡丹牌。

"来一支吗？"

犹豫片刻后，罗鸿点头。

他接过烟，点燃，猛吸了几口。两人呼出的烟雾在不足十五平方米的讯问室内萦绕，烟雾掩盖下的罗鸿的身体开始大幅度松弛下来。他仿佛在沉思，又好像在放空，仿佛呼出的烟雾带走了身体的脊柱，现在的他有种柔软的气息。

其实徐锐不知道这种放下戒备的神态是罗鸿真实的放松还是刻意的伪装，但如果什么都看作刻意而为，那么判断就没有边界了。

"孟玥设计杀人手段的时候或许和你提过，照着她的做法不会留下任何证据，可实际上，她是人，不是神，而天网恢恢疏而不漏，你敢确定，自己没有留下任何破绽吗？"

说着徐锐拿出两份鉴定报告放在罗鸿眼前。

"这两份报告，第一份是你的 DNA 鉴定结果。你说你不认得陈阳，可前些天我们在案发现场的涉案车辆上找到了一根烟头，正是你常抽的牡丹牌软烟。"徐锐在这里笼统地用了"在车上"这种模糊不清但不算出错的字眼，"当然，品牌一样不能说明什么，但我们做了 DNA 测试，烟头上面残留的 DNA 属于你。"

"这不可能。"对方冷笑一声，"我不知道那是怎么回事，

第六章·铜墙铁壁

也许是别人陷害我，故意把我用过的烟头丢进去的。我平时烟抽得猛，到处乱扔，谁都有可能捡走。"

罗鸿三天来第一次说这么多话。徐锐的心开始慢慢兴奋起来，当对方开始滔滔不绝地辩解时，就一定会留下破绽。

"第二份报告是你与照片上女孩的 DNA 对比，显示你们是父女关系。"

"荒谬。"罗鸿再次否认，同时又是一声冷笑。

"罗鸿，你曾在现场车辆周围出现，是铁证；你与孟玥委托朱玉萍领养的女孩有亲子关系，也是铁证。罗鸿，我不知道你在什么情况下和别人生过孩子，我也不知道出于什么原因，你能接受和自己的孩子骨肉分离，你本有机会亲自照顾她的。"

罗鸿没有回答，也不再辩解，抽完手上这支烟后，又向徐锐要了第二支。静静吸完之后，他抬起头来，眼神却仍旧看向地面。

"我还是不知道你在说什么。"罗鸿面无表情，"我没有杀人，也没有在什么车上抽过烟。至于那个小女孩，如果你们的检测结果是正确的，那有可能是我某次一夜情造成的吧。如果我真的是孩子的父亲，我想我不会拒绝抚养义务。"

"如果你不认识这个女孩,为什么刚刚看照片的时候迟疑了?"

"看到小孩子生病受罪,有点难受而已。难道你碰到这种情况,会无动于衷吗?徐队长,我离家后是做了一些错事,不该冒用他人的证件,怎么罚我,我都认了。但我没杀过人,连想都没有想过。我也不知道这个案子和孟玥有没有关系,我们已经很久没有联络过了。不论你们想审我多少天,我还是同一个说法,因为这就是事实,事实不会随着你的提问角度和盘问技巧而有丝毫改变。"

接着他在面前的烟灰缸里摁熄了烟,将纸杯中剩下的水喝完,而这之后无论徐锐再怎样问,他没有再说过一句话。徐锐的心凉了,本以为那一连串炸弹的抛出会有结果,现在却发现炸弹直接爆裂。

第七章 vvv

植入

无论怎样敲打、施压，内部的他却不断内缩、收紧，像张开翅膀的蝴蝶重新变回封闭的蛹，最后成为一颗光滑柔软却无从下手的卵。

三次近乎无效的讯问之后，所有人都累了。

每次的讯问似乎马上就能触及靶心，可又好像总在外面兜兜转转。罗鸿周身像有一层看不见的铜墙铁壁，所有问话技巧都被阻挡在他之外，无论怎样敲打、施压，内部的他却不断内缩、收紧，像张开翅膀的蝴蝶重新变回封闭的蛹，最后成为一颗光滑柔软却无从下手的卵。

与此同时，徐锐也开始重新审视孟玥，如果之前还对她的遭遇抱有些许同情，那么如今的态度则彻底转变。如果说为母报仇的理由，徐锐虽不认同，但能理解。可利用情感教唆他人替自己复仇，自己却置身事外的行为，简直是罪上加罪。

古尧没有参与讯问，但她观看了全部三次的讯问录像，并在笔记本上记录细节。整理一晚后,她在第二天将全部资料带至警局办公室。

这天徐锐起得晚,刚推开办公室的门,就看到几个同事在吃早餐。视线向旁边挪去,古尧正坐在旁边的小沙发上喝着奶茶。

"这么热闹?"

"一早古队就来了,还给大家买了早餐。"叶真开心地说,"徐队,您也来吃点?"

"不了,你们吃。"徐锐摆摆手,看到古尧面前摊开的罗鸿的笔录复印件,"又看了一遍?"

"嗯,笔录、录像都看了,今天过来是想把我的想法和你们说一说。关于孟玥对罗鸿的教唆,我觉得,我们可能想得浅了。"

"你指什么?"

"大家有没有想过,为什么我们动用所有监测技术,都找不到他们在这两年里联络的痕迹?"

"因为他们的方式很隐蔽。"

"隐蔽是一种可能,但还有另外一种可能性,或许所有的'调教',在两年前都已经完成了。我们一直的猜想是,孟玥在这两年里不断地教唆罗鸿，并寻找陈阳下落，确定目标之后是孟玥替罗鸿设计杀人方案，提供资金、物资等支持，罗鸿仅仅是作为一把刀在最后动了手。但是实际上，孟玥可能真的什么都没参与，只是在两年前将杀死陈阳这个念头，'植入'了罗鸿的脑袋里。"

大家停下吃早餐的动作，面面相觑，都有些不敢置信。

"上次搜查拿回来的那些心理书籍中，有些有明显的阅读痕迹，开始我以为是魏医生做的记录，后来我发觉，那些笔记很新，不可能是四年前留下的。"接着她打开手机相册，里面是十几张画满笔记的相片，"这是其中几本讲述'煤气灯效应'与'心理暗示、情感掌控'的心理学著作的内页相片，这些应该是孟玥做的笔记，她并非只把心理学作为一个专业进行敷衍地学习，她在非常认真地研究它。"

"但是算算时间，从魏玲出事到罗鸿失踪，满打满算也就只有两年的时间。一个对心理学一知半解的普通人，只用两年的时间就能情感控制一个在年纪和力量上都大于自己的异性吗？即使一开始孟玥可以利用罗鸿的歉疚，说服他答应离家出走，但是我不觉得罗鸿在脱离了孟玥控制两年之后，还能替她杀人。"徐锐质疑道。

"心理学上有个词叫作'习得性无助'。在某种关系中,操控者为了自己的个人需求,不断定义被操控者的精神世界,让其开始怀疑自己的认知,并试图从对方角度看问题,即便再不情愿也还是照做,这完全是为了获得对方的认可。"

"你想得会不会太复杂?"

"这并不复杂,也不需要太多专业知识,甚至有人天生就具备这种能力。因为这种情感控制天然就存在于最亲密的关系里,比如夫妻,或者父母子女,被控制的一方对控制者有着绝对的依赖感,会逐渐消极、阴郁、自闭,失去正常的判断能力,进而发生世界观层面的转变,颠覆原有的性格。现实中,这种亲密关系中的掌控者多为男性,而孟玥恰恰是为数不多的女性中的'佼佼者'。与男性惯用'打压型'行为方式不同的是,她的致命法宝是:爱和愧疚。孟玥用两年的时间不断向罗鸿灌输一个概念:我想复仇,可我做不到,你既然这样爱我,就应该替我去做。"

屋内此刻安静无比。有人皱着眉头,有人暗自轻叹,但更多的是夹杂着一种疑惑。

"你说的是些极端个例,在我们这个案子里,我还是不太相信有这样的情况。"徐锐边说边不住摇头。

"徐队，你记不记得我们和罗薇第一次谈话时，她说过罗鸿在魏玲刚出事的一段时间里，经常情绪低落、终日醉酒，甚至连工作都受到了影响。那段时间说不定就是孟玥刚刚开始对罗鸿使用情感控制，罗鸿本能地意识到不对，但是却无法对刚刚丧母的女友说'不'。而罗薇说，罗鸿在离家出走前精神恢复正常，应该是他已经完全接受了孟玥的控制，知道自己能够让女友满意，所以不再痛苦。"

"那么……那个女婴呢？"叶真试探地询问，"像您说的，罗鸿这么爱孟玥，愿意为她做这么大牺牲，又怎么会和别人生孩子？"

"这就是为什么孟玥可以在两年之后还能控制罗鸿的原因——愧疚。我猜测，罗鸿到南城，脱离了孟玥的影响，他的思想有了一定的松动。正好这个时候接触到了其他异性，两人或许是恋爱，也可能只是单纯的性关系，总之当他得知自己有了一个女儿之后，他感到自己背叛了孟玥，于是更加愧疚。我们知道罗鸿这两年中并没有步入婚姻，那么孩子的母亲可能是在和罗鸿分手后离开了，并把孩子留给了罗鸿。而对于孟玥来说，如果'我'连你背叛之后生出的孩子都替你抚养了，那你还有什么理由不为'我'复仇呢？"

第七章 · 植入

"可如果真像你分析的那样,那岂不是根本没有证据了?整件事都是罗鸿一人所为,就算他说孟玥在两年前教唆了他,对方也完全可以推脱自己当时只是愤怒之下说了气话,没想到罗鸿会当真。"

"是的,这就是最隐晦的教唆,最完美的犯罪。这也是为什么孟玥的话并非多么天衣无缝,但她却没有一点恐惧神色,因为她知道自己真的是什么都没做。"

徐锐从警十多年,一直都是靠着犯罪逻辑学侦查破获刑事案件,至于心理学,最多只是用作参考,他很难接受古尧的理论。可面对事实,面对每一次疯狂敲打却不得要领的讯问,他心中的天平越发倾斜,似乎有些理解了所谓的"人心可怕"。如果事实是这种情况,那真称得上是"完美犯罪"了。但内心深处,他还是有一丝怀疑,还有什么线索,是自己忽略了的呢?

"我们还能拘传罗鸿几次呢?"叶真继续问道,"理论上讲,不受限制的吧。"

"理论上讲自然是无数次,他倒是也配合。但实际操作起来,恐怕……也不是个长久的办法。"古尧无奈地说道。

在这之后,专案组商讨了针对罗鸿的其他方案,又对他与孟玥分别进行了两次传唤，还是没有任何新发现。

而罗鸿的状态也越来越好，剪了发，穿了干净整洁的新衣服，似乎来这里只是做个客，吃上两顿警局的盒饭，晚上都是父母或妹妹开车来接。

平州那边，对于罗鸿暂且不需再去警局配合调查，罗家上上下下都松了一口气。

而擦干眼泪之后罗妈仍不放心，还在询问周强律师，现有证据下是否会一直这样。

"在没有新证据的情况下不会再传唤了，但如果后续侦查中发现新证据、新情况，可以再次传唤。不过不用担心，我说的是最坏的情况。"周强答道。

"那您的意思是，我们现在还不能高兴了？"罗妈焦急追问。

"当然可以高兴。"不等周强回话，罗薇就干脆利落地抢答道，"本来就不是哥做的，才不怕什么新证据，也根本不会有什么新证据。"

"是的，是的。"周强也顺势安慰，"真的不必过于担心了。你们好好生活，后续有什么需要再随时联系我。"

第七章·植入

"谢谢周律师，太感谢您了。"罗薇握住对方的手，"您对我们家有大恩，过一阵请您吃饭，请一定要来。"

周强微笑点头。

入夜后，罗妈又将新买的、已经洗好晒干的床单被罩拿进房间，床单带着洗衣液的香气和阳光的味道。老人家伸手铺了又铺，边边角角都沿着床垫塞进去，生怕有一点不平整。全部整理好之后，他们与儿子道了几次晚安，却还不肯走出房间。

罗鸿看父母欲言又止的样子，明白他们在犹豫什么。

"爸，妈，你们坐这儿。"罗鸿拉出藤椅自己坐下，让父母坐在床边，"我知道你们担心什么，现在没有外人，你们相信我说的都是真话，我并没有杀人。这两年我亏欠你们良多，日后我一定加倍孝顺你们，让你们过上好日子。"

罗妈听到这些又要流眼泪，罗爸则安慰着拍拍妻子肩膀，又握住儿子的手。

"孩子，只要你健康回来，我和你妈就已经知足了。具体发生了什么事，我们不会再过问。但是，警察说的那个小女孩，说你们是父女关系，究竟是怎么一回事啊？"

"那个小孩子……"罗鸿犹豫片刻，还是点头承认，"那确实是我的女儿。"

"这——"老两口面面相觑，虽然猜到是这个情况，却没想到儿子承认得如此痛快。

"这孩子是你和谁生的？如果不是孟玥，那到底是哪个姑娘？"

"这个不重要。"

"这还不重要？"罗母又开始着急，"就算你不说她妈是谁，那咱家……总要把孩子接回来吧。"

"她是养父母从福利院合法收养的，已经形成了法定的拟制血亲关系，我们怎么接回来呢？爸，妈，以后的事有以后的解决方法，先不要想太多了。"

"好吧，那就以后再说。"罗爸拦住还要问东问西的妻子，转而对罗鸿说道，"只是你妹妹这两年受了不少累，你最需要好好补偿的是她。"

"会的，一定会的。"

得到如此肯定的承诺后，两个老人才为儿子关了顶灯，轻轻带上房门。

接下来的几天，罗鸿早睡早起，恢复一个普通人的正常

第七章 · 植入

作息，看书，散步，买菜，做饭。刷到好玩的短视频，还能笑出声来。

本来没人主动把罗鸿回家的消息透露出去，因为也不知道从哪说起。但不知怎么这事还是被亲戚朋友们知道了，他们纷纷打来电话，表面祝贺，实则都有探听的成分，话里套着话。幸好他们并不清楚罗鸿牵涉进了刑事案件，只以为是私人情感问题，这些"问候"全被罗家爸妈模棱两可地应付了过去。

一天傍晚，罗薇下班后推开罗鸿的房门。罗鸿刚洗完澡，穿着干净的家居服看书，修剪过的利落短发已经半干。

"哥，这么多天过去了，警察没再来找你，你没有什么话跟我说吗？"

"说什么？"罗鸿轻轻问道。

罗薇明显没听到想要的答案，她面带不悦地拉过椅子坐下，说："本来爸妈不让我再问，但我忍不了，我必须问，因为你和爸妈说的那些话我根本不信。哥，我可是你亲妹，小时候咱俩没有秘密，你帮我撒过无数个谎，我也帮你打过几百个掩护，你能骗爸妈，骗不过我。你实话跟我说。"她凑得更近，声音也放得更低，用近乎压迫的眼神看着对方，

"你到底有没有替孟玥杀人?"

"薇薇,都说过一百遍了,真的没有。"

"那你这两年躲什么啊,为了散心的话你大可以光明正大地告诉我们,我们有说过不让你散心吗?"

"细节我没办法解释,但是薇薇,请相信我,我没有做你认为的那件事。"

"哥,你怎么还是……"罗薇急得快要哭出来,不断摇头,眼里期待的神色消失了,"证据不足,你没被逮捕那是钻了法律的空子,是人家周律师辩得好,可事实的真相呢?你是我见过的最有责任感的人,给别人带来一点不便都会自责,你这样的人怎么会辞掉工作,丢下爸妈出走?就算真的出走,又为什么用别人的身份证件,偷别人的身份生活?更不用说我完全不信你喜欢做一个洗车工,又好巧不巧在那辆涉案车前面抽了一支烟。哥,这里面没有一件是你会做的事啊!那个男孩是她的仇人不是你的,你替她做,我真怕你也有报应!"

罗薇的泪水滚落下来,她抓紧罗鸿的肩膀说:"全都告诉我吧,我是你的亲妹妹,就算你真的是凶手,真的杀了人,我也永远是你妹妹,会拼尽一切去保护你,维护我们家。但现在我需要知道真相,只有这样才能不必每天猜来猜去。你不知道我们有多担心,担心哪一天又出现什么新的证据,你又被警察带走。爸妈和我都不想活在这种不确定里!"

"薇薇,我用我这条命发誓,没有做不该做的事。"

"不要用你的,你能用我的命发誓吗?你现在就说,'我用罗薇的命发誓,我既没有杀人,也不是杀人犯的帮凶'。"

这话刚落,罗鸿本来毫不躲闪的眼神忽然就变了,他将头缓缓低下,再抬起头时只是淡淡说道:"小时候,大概是高中吧,你唯一一次偷拿了家里的钱,让我帮你打掩护。我想办法瞒过爸妈后,问你到底把钱花在了什么地方,还记得你是怎么回答的吗?你说让我相信你,绝不是任何不堪的事,仅仅是因为特殊的原因而无法说出口。记得吗?"

罗薇点头,她记得。那是一个事后看来极为可笑的原因,但也是当时绝对无悔的选择。她如今已经懂得了全部的道理,可如果再来一次,她还是会选择那么做。

"今天换作是我了,是我求你相信我且不要再追问,你还要再问吗?"

"可这完全不是同一个性质,我那时没有犯法……"

"薇薇,我那时无条件信你没有做错。我相信你有迫不得已的理由,我们任何人都会有,为什么今天换位思考,你却非要刨根问底呢。"

罗薇想找出一个原因,可她能说的都已经说过了,剩下的只有说不出口和不能说的。她好似领会了罗鸿的言外之意,又好像被绕进了什么怪圈,一种难言的情感在心底徐徐展开。

"可即便这样,即便我不纠结,你还能成为正常人吗?我是说,即便这案子告一段落,警察以后不来找你,你还会像什么都没有发生一样生活下去吗?"

罗鸿神情坚定地说道:"薇薇,一切都结束了,我不会再一声不响地离开,我们家的一切都会恢复正轨的。"

罗薇盯着罗鸿的眼睛,从中看不出一点谎言。

就在那个瞬间,本来一直揪着心的罗薇,忽然就释然了。哥哥不是毫发无伤地回来了吗?

爸妈都已年过六十,他们都选择了相信哥哥,自己为什么不能尝试相信呢?

心中那充满怀疑的阀门,应该彻底关闭了。


又一个月过去了,警方那边没有动静,罗家人逐渐恢复了正常生活。

警方这些日子列出所有证据看了又看,总是差了那么一点点。带有罗鸿DNA的烟头虽然出现在犯罪车辆的车轮中,但由于不能排除罗鸿只在车外、未曾进入车内的可能性,即便和其他证据连在一起也无法形成完整封闭的证据链条。

孟玥虽有充分的杀人动机,以及种种可疑行为,但案发当日具有真实可靠的不在场证明,专案组也未能找出其雇用罗鸿实施杀人行为的实质性证据。至于其指使朱玉萍的领养行为,也由于领养人手续合法合规,不能认定其存在违法行为。

对于古尧提出的"精神控制"之说法,徐锐等人不仅询问了几位资深心理医生,而且还联系了一位刑法学教授,得出的推论都是完全可能,并且被告知国内已经发生过此类案件,只不过受支配者多为低龄少男少女,或在是非判断与性格层面有较大缺陷的成年人。

教授认为,此案件中罗鸿对于孟玥母亲死亡的内疚,对孟玥日积月累的亏欠感,确有可能发酵成为一种连自己都难以察觉的、无条件的"从属性"与"依赖性",并在内心构建起外人难以入侵的真空屏障,哪怕在对方面目被揭穿的前提下，仍能说服、哄骗自己。

至此，"7·20焦尸案"只能暂时搁置，不过徐锐已能接受这样的结果，尽管他仍被一种不安和困惑侵袭着。孟玥至今解释不清的70万元现金用途，罗鸿与婴儿的亲子关系，神秘失踪的婴儿母亲，一切都那么反常，可又是转也转不出去的死胡同，不管推翻哪一步重来，还是得出一样的无罪结论。他曾反反复复翻看写有关键线索的笔记本，最终还是将它合上，丢进抽屉。

还有一件不大不小的麻烦事——陈义红的反应令整个南城警局头疼。

经历中年丧子的她，曾将全部希望寄托在了公安机关的侦查行动上，因此无法接受现有结果。她多次来到警局，行为已经严重影响到警局的日常工作了。

"你，还有组里的所有人，快去轮着休个假吧。"局长将徐锐叫到办公室，建议道。

"好，谢谢局长。"

"谢我干什么，你们最近南城、平州两头跑，的确是辛苦了。正好趁这个时候补补觉，调养身体。"

徐锐犹豫了一下，最后还是什么都没说，径直离开了局长办公室。

从局长办公室出来后,徐锐叫来所有专案组人员,宣布灵活休假几日,但手机要保持畅通,且不可离开南城。专案组的警员们听到休假,明明是个好消息,却一个个丧着张脸。

"干什么,干什么,平时一加班就喊累,现在局长特批的假,还不高兴了?"徐锐说道。

"徐队,这案子还没破,我们就休假了,算怎么回事儿啊。"叶真反驳道。

"你们都还年轻,该休息要休息,现在这起案子在没有新线索出现的情况下,的确很难继续推进下去了。晾一晾,也许到时候会有新的发现。你们回家之后,要好好放松心情,别被这起案子影响了生活,明白吗?"

专案组成员齐声喊道:"明白。"

徐锐摆摆手,让他们赶快回家。这帮年轻人大多是一到局里就跟着自己的,除了教他们侦查技巧之外,徐锐觉得自己也有必要教导他们如何平衡工作和生活,让他们学会张弛有度。

刑警这个职业,除了那些极少数的天才,大多数人都是靠日积月累的经验堆出来的。如果学不会休息，学不会从家庭和亲密关系中吸收能量，是很容易被那些骇人的恶性事件所影响的。一根皮筋儿，一直抻着总会有断掉的一天。

徐锐自己就是年轻的时候不明白这个道理，中年落得个家不似家的地步。他希望自己手下的这批年轻人，不要走自己的老路。

两周后，熙熙攘攘的平州高铁站内，一个衣着破旧、戴着帽子口罩的中年女人走下列车。她出站后便向路人打听附近的大型超市，进入后径直走向厨具方向，挑选了一把抓握顺手的菜刀结了账。走出超市后，又在导航软件上搜索"西悦华庭"，路线显示向北步行九百米，再乘坐某路公交车就能直达。

女人快步朝车站走去，不知车上是否有针对金属物品的安检设备，心想如果不能上车，她就一路步行过去。

其实她本想用与儿子相同的死亡方式了结仇人，可足够量的汽油实在太重了，她既没有车也不会开，带着油桶又绝对无法乘坐公共交通工具。思来想去，她退而求其次，选择用刀。

第七章·植入

此时公交车来了,她低头捂紧挎包,默默上车。半小时后公交车到站,女人下车。西悦华庭大门并不好找,女人转了几圈才恍然发现入口,再跟着其他业主混进去。她不知道孟玥家的门牌号,但打听到了是哪一栋,进入单元大厅后就在一楼的快递堆里翻找那些还没来得及送上去的包裹,果然看到18层的一家写着收货人为"孟女士"。

就这样找到了,毫不费力。

没有门卡,无法乘坐电梯,陈义红休息了足足四次才爬到18层。她坐在楼梯间的拐角处,旁边就是每层都有的两个分类垃圾桶。在这儿可以清楚听到电梯打开的声音,也能看到另两户人家进进出出,可惜偏偏无法看到孟玥家的大门。

只能仔细听声音来分辨了,陈义红告诉自己。她从挎包里拿出菜刀,拆开塑料包装丢入旁边的垃圾桶中。

期间1803室的老太太出来倒垃圾,陈义红赶忙向上爬了半层楼,等没人后再匆忙下来。接着又看到1802室的两个男孩推着自行车出去玩,她又躲了一次。听着那两个男孩洪亮的嗓音和稚嫩的对话,陈义红又想到自己的儿子。

她从包中拿出儿子的照片,上面的陈阳只有七岁,小时候很讨人喜欢,并不天生就是个坏孩子,只是自己外出打工多年,老人纵容溺爱的错误管教方式,才铸成了大错。如果一切都没有发生,他明年就该参加高考,然后上大学、结婚、生子,有更多美好的日子。

陈义红握着照片,悲痛涌上,眼泪不知不觉流了出来,又迅速用手背擦去,将照片小心放回那边缘已经磨损的皮夹里。

5点30分,1802室的母亲回来了,身后跟着那两个玩到兴奋不肯收心的孩子。6点,这家的父亲又走出了电梯。她看到男人开门的身影时,忽然意识到,共同走出电梯的还有一个人。因为在男人关闭房门的下一秒,孟玥那边的智能门锁也有声响,紧接着也是大门关闭的声音。

糟了,孟玥竟是和邻居一起上来的,她怎么没想到这一点!她随后又不断深呼吸,强迫自己镇定下来。

天色渐暗,夜晚逐渐来临,楼内开始飘出家家户户炒菜的香味,陈义红吃了挎包里的馒头,但不敢多喝水,因为她没法去厕所。

真热啊,好在转角处有个窗。楼层太高,窗子只能朝下

第七章 · 植入 [ 209 ]

推开大约三十度,她将脸凑过去,抖一抖上衣领口,能感到微弱的凉意。

大约半小时后,有开门的声音,一声轻咳后,楼道中的声控灯亮了起来。

这是一个如此年轻的嗓音,而视线内的另外两户都未开门,所以是她过来了,是孟玥!同时响起的还有塑料袋的摩擦声,是她要丢垃圾了!陈义红迅速起身,藏在楼梯拐角的阴影处,集中全部注意力在那两只垃圾桶上。女孩走了过来,伸出右脚轻轻踩开靠窗的垃圾桶。虽然只看到了一个穿着睡衣的背影,但陈义红认定,一定就是她,是杀了她儿子的仇人!

陈义红下了几个台阶跟在后面,她紧张又害怕,双手握住刀柄,在垃圾盖合上、女孩转身的一瞬间忽然从拐角冲出几步,手中的刀用力举起。但孟玥仿佛也意识到某种异样的气氛,本来向前方直走的她微微侧身,在尖刀落下的那一瞬间,她本能伸出手臂去阻挡,刀刃划在了她的左臂上。

尖叫声起,接着两人都重重摔下。

陈义红力气要大许多,她爬起后立即抓住孟玥的衣服,胡乱举刀刺去,孟玥想要夺刀,可她四肢纤细,并不是对手。

太好了，陈义红刺中了对方的右侧胸部！她在心里不断重复，起身想要继续，可紧接着她眼前升腾起一片水雾，气味像是酒精，眼睛被蜇得生疼！她这一起身，失去压制的孟玥立即连滚带爬回到屋内，还未来得及关闭大门，陈义红捂着生疼的双眼也摸索着追了进去。此时有一间卧室传来关门和反锁的声音。

陈义红的眼睛此时剧痛无比，不断涌出生理性的眼泪，她摸到厨房的水龙头下以大量清水冲洗，再紧闭一会儿，休息到双眼能够睁开。陈义红走到门口，将孟玥家的大门合上并上了锁。接着回到厨房，洗菜池旁边的刀架上有两把刀，她对比之后抽出看上去更为锋利的水果刀。三间卧室中的两个都是打开的，孟玥只能躲在关着门的那一间。

她走到那扇门前，贴近听屋内动静，可只能听到自己的喘气声。接着她用尽全力晃动门把手，从各个方向使劲拧拽，但金属把手结实地镶嵌在实木门里，没有一丝松动。

钥匙，需要寻找钥匙。一般都会放在客厅吧。

她的眼睛依旧有着被灼烧的刺痛感，但已经可以视物。她手握水果刀，拉开客厅的每一个抽屉，把所有东西都倒在

第七章 · 植入

地上翻找，钥匙，钥匙，只要是钥匙都试一下。客厅的收纳柜很多，一个一个翻下来也要费不少时间，最后总算在电视下方的储物柜中找到了。

六七把款式一样的钥匙被拴在同一个钥匙链上，恐怕屋内所有房间的钥匙都在这里了。

陈义红将钥匙拿到主卧门前，先是故意用力晃了晃，让清脆的金属碰撞声传进房内去，再随手挑出一把，插入锁孔，转动。

不是这一把。

将试过的钥匙拨弄到一边，再试第二把。由于右手握着刀，陈义红只能单独用左手完成更换钥匙的动作，而她的手在控制不住地发抖，因此速度慢了不少。不过就算要试到最后一把才能将门打开，里面的人也难逃一死。

但就在陈义红插入第三把钥匙时，房门外忽然响起了猛烈的敲门声。与此同时她还听到了很多人的脚步声。

警察这么快就来了吗？看来孟玥在里面报了警。还好刚才锁了门，警察想要进来需要一段时间，足够自己试完所有的钥匙了。

陈义红开始加快转动第三把、第四把钥匙，终于，在第五把钥匙完美地插入锁孔并向右拧动时，咔嗒一声，锁开了。她会藏在什么地方呢？门后、床下，还是角落里？陈义红举起尖刀，右脚猛然把门蹬开。

房间很大，但一览无余，只见孟玥靠在墙角，胸口流着血，嘴唇惨白，手中拿着用来防身的台灯。陈义红笑了，台灯对刀，是怎么也赢不了的。她慢慢走近，看着蜷缩在角落里的流血不止的仇人，内心已经笑出了声。

"你不要过来，我没有杀他……"孟玥忍着剧痛才说出这一句几乎听不清楚的话。

"哈哈。"陈义红哑然一笑，随后露出凶狠目光，"你只是没有'亲自'杀他。"

孟玥还想继续解释，但她已疼痛到难以喘息，只能痛苦地将手中的台灯砸过去，当然是伤不了对方丝毫。也就在此时，更大的声音轰然传来，特警破门而入。很多声"不许动"传来，但陈义红都不理会，她仍在不断靠近孟玥。

接下来听到的是清脆的枪击声。

孟玥的伤口深 7 厘米，宽 2.5 厘米。送来医院时情况危急，尖刀伤及胸腔，出血量较大，她在救护车上已经意识不清,入院后陷入休克,万幸抢救及时,保住了性命。

陈义红被特警队员击中背部,送医后不治身亡。

陈义红的父母都已过世,警局联系其在平州的公婆认领遗体,遭到拒绝。后又辗转找到陈义红在外省打工的丈夫,对方听到消息后,既不惊讶,也不悲伤,而是不断强调已在其他城市开始了新的生活,不想再被打扰。由于多方亲属都拒绝认领遗体,导致遗体迟迟不能火化,只能暂时存放于殡仪馆的冷藏柜中。

"7·20焦尸案"案情没有新的进展,如今又出现了意外状况,徐锐听闻陈义红杀害孟玥未遂后被特警击毙的消息,一瞬间内心充斥着极度复杂的情感。他翻看着案卷上陈义红的照片,思考着如果自己能早点把孟玥抓住,是不是陈义红就不会做出这样的选择。就跟四年前魏玲案一样,如果陈阳当时被判刑,孟玥可能也就不会走上极端。

半个月后。

一天上午,徐锐刚走进办公室,叶真就跑了过来:"徐队,最新消息,孟玥买了明天起飞去德国的机票!"

"出国?"徐锐惊讶道,"她的伤好了吗?"

"可能她年轻恢复得快，又可以坐头等舱，总之应付十几个小时的飞机应该问题不大了。"

"德国？她父亲在那里生活……她要是真的去了德国，这案子是不是就彻底没有侦破的希望了。"

孟玥明面上是去德国探亲，但是任谁都清楚她这是准备事成之后逃往国外。如果真的让她就这么离开，从此天高海阔，任谁也无法再捉住她。

虽然毫无线索，但徐锐不想就这么放弃，哪怕只有一丝微弱的可能，他也要去追一追。

"把航班号发我，我要去平州一趟。"徐锐急匆匆地对叶真说。

"但是徐队，我们没有任何可以给孟玥定罪的证据。就算去了机场，也没法阻止她上飞机啊。"

"我再试最后一把，能不能成……就看天意了。"说着徐锐风似的冲出了办公室。

# 第八章

## 天方夜谭

仇恨的种子在此刻落入泥土，生根发芽，以沸血浇灌，以悔恨施肥，以愤怒生长，最终藤蔓缠绕，枝叶遮天蔽日，在她全身开满复仇之花。

孟玥出院后仍旧住在西悦华庭。

徐锐带了望远镜，本想透过窗子查看孟玥的行踪，却发觉所有窗帘都被拉得严严实实。他和古尧只能将车子停在单元楼至小区门口的路上，盼着她最好是能出个门。

他们从下午一直盯到入夜，古尧已经开始不停打哈欠。

"怕是不会出门了。"古尧看看手机时间，"这个时间该睡觉了。"

"我想再等等，你困了就回家吧。"

古尧揉揉眼，调整坐姿，她还记得自己接到眼前这个人电话时候的震惊，徐锐竟然决定在孟玥出国前一晚来她小区里盯梢。

"既然是最后一搏，我怎么能半途而废。不过话说回来，你这次不把调查的突破口放在罗鸿身上了？"古尧开口问道。

"他又没跑，人毕竟还在国内，而且……这是一起准备了 4 年的复仇，我始终不相信凶手会掉以轻心到在凶案现场抽烟。那根遗落在轮胎夹缝里的烟头，实在是可疑，更像是故意留下的。还有，你还记得我在讯问时曾经将罗鸿女儿生病的照片递到他面前，想要激发他的父爱，击溃他的心理防线吗？"

"记得啊，他当时拿照片的手还停顿了一下，明显就是认识那个女婴。"

"那张照片是女婴在福利院的时候拍摄的，按理说罗鸿从女婴到福利院开始就再也没见过她，这么长时间了，孩子在孟玥手上他竟然一点儿都不担心。就好像他笃信孩子在孟玥身边会被照顾得很好。有多少男人会这么信任一个威胁自己去杀人的前女友？"

"但是我们已经做过 DNA 检测了，孩子和孟玥的确是没关系。"古尧皱眉道。

"这点我也想不明白，但重点不是这个，而是罗鸿对孟玥的绝对信任。我不清楚这些年，他们两个人身上发生了什么，但是想要通过短时间的讯问，去突破这份全然的信任，很难做到。相比较而言，孟玥身上的谜团就更大，而我们后期倾注在她身上的注意力显然是不足够的。如果我有最后一次机会，我愿意用在孟玥身上。"

话音才落，单元内一个女人走了出来。
"出来了，出来了。快看！"
徐锐顺着古尧手指的方向看过去，只见孟玥戴着帽子和口罩，穿着长衣长裤从单元楼门口走出，前往小区门口等着什么人。她步伐轻快，竟然完全看不出之前受伤的痕迹了。

大约两分钟后，一个外卖小哥将电动车停在门口，下车快走了两步将一个塑料袋递给女人。

"我去看看那个外卖员有没有鬼。"古尧下车飞速往门口走去，徐锐却一动不动。

有点怪。说不上是哪里，但他感到一种莫名的熟悉。

眼看着孟玥接过塑料袋又快步走回单元楼，徐锐立即举起手机开始拍摄。同时迅速回忆脑海里那些早已看过百遍的物证资料，那个早就被他们推论为没有用处的行车记录仪录像。犯罪嫌疑人出现的画面只有五秒，徐锐在脑海中一帧一帧地播放。

"你这是在干吗？"孟玥返回单元楼后，古尧也拉开车门坐了进来，"刚去问了问，是真的外卖员。孟玥购买了两个行李打包带，订单我也看了，应该没什么问题。"

"我们现在回局里。"徐锐忽然发动车子。

"啊，不跟了吗？"

徐锐说："我有重大发现。"

回到平州警局，徐锐紧急联络了步态研究专家赵博士，徐锐让其观看自己刚刚录下的孟玥走路姿态，再对比行车记录仪录下的步态。赵博士表示，记录仪中犯罪嫌疑人的走路方式有些特别，足部的首次触地是异常的，而刚刚拍下的视频中首次触地也有同样的异常。再次用精密软件辅助对比后，发现两个视频中步态完全相同，可以判定为同一人。

古尧震惊地说道："就算孟玥之前的步态是伪装的，但是她在案发当日有完美的不在场证明啊，她怎么可能同时出现在两个城市呢？"

是的，一切有关教唆或是雇用的推论都是建立在"孟玥拥有不在场证明"的地基之上。

如果尝试把地基推翻呢？徐锐心里的一个声音说道。

不，不可能，除非她会分身。这是另一个声音在反驳。

可是……不妨试一试呢？

还是最初的声音占了上风。

徐锐放弃原有思路，第一次以目前的结果为起点向前反推，就像根据已经建好的摩天大楼去寻找最初的地基，每划一个箭头都不断询问自己对每一步骤是否确认，当他的思路推进到某一个地方时，思维之路上的一块巨石被什么东西撬动了，一个新的可能占据了原来的位置。

他浑身因为激动而微微发热，已经建好的牢固地基被推翻了，附着于上的摩天大楼在眼前轰然倒塌，沙砾尘土的雾气散去后，真相在眼前一马平川。

"你想到了什么？"古尧焦急问道。

徐锐说："你还记得第一次见孟玥是什么时候吗？"

"第一次吗？"古尧歪头回忆，"我是四年前，处理魏玲案的时候，她和魏玲的父母一起来认尸。"

"你虽然在四年前见过她，但她那时只是受害者家属，你们在四年前并没有过多接触，对不对？"

"是的，当时魏玲案犯罪事实非常清楚，凶手也很快认罪了，因此结案很快，我们和受害者家属的接触也很少。"

"这四年里，你和孟玥见过面吗？"

"没有，魏医生的葬礼上，应该是我们最后一次见面。当时我由于无法将陈阳绳之以法，对魏医生感到很歉疚，因此参加了葬礼。再次和孟玥见面，就是和你一起。"

"事实上，不只是你，孟玥周围绝大多数的熟人，都只见过复学之后的她。她休学足有一年多，回来后生活圈子完全换掉了，新的专业，新的同学，新的朋友，新的同事，一切都是新的，她也从活泼开朗变得沉默寡言。"

"她家里没有与母亲的合影，她的 DNA 和女婴无法匹配，她的走路步态和视频中的犯罪嫌疑人不同，但视频里这个女孩的步态却和视频中一模一样。我们动用全部侦查技术都找不到她和罗鸿联络的实质证据，开始以为是足够隐蔽，后来又觉得是情感控制，可也许我们一开始都错了，如今所有这些都指向另一个完全不同的事实。

"我们以前处理过很离奇的案子，有的命案把死者搞错了，查了半天，死的另有其人；还有的命案，死亡时间被提前或者推迟，大大阻碍了犯罪嫌疑人的划定。既然'死者'可能不是死者，判定的'死亡时间'或许不是真正的死亡时间,那么如今,或许'凶手'也不是凶手。古尧,你懂了吗?"

"你的意思是……天啊,"本来背靠座椅的古尧突然挺直身体,紧皱眉头,露出难以置信的表情,"我们一直见到的……不是孟玥?"

1998年秋,孟玥出生于平州市平安医院。

母亲魏玲是平安医院的精神科医生,父亲孟晓武是平州第二生物研究所研究员。魏玲性格大方,审美简洁,那晚月色又很美,于是为女儿取名"玥"字,孩子的到来犹如上天赐予的美妙神珠。

孟玥儿时圆圆脸庞,大大眼睛,活泼机灵,学任何东西都既快又好。她印象最深的便是跟随母亲去医院,或者跟随父亲去研究所,在大人们赞叹的眼光中表演英文儿歌和古诗古词,稚嫩的嗓音和灵活的头脑让她收获赞美,是家庭的真正中心。

五岁那年,幸福达到顶峰,家中买了第一辆车,还置换了更大的房子。孟玥有了自己的精致房间,布娃娃摆在床头,图书画册放在书桌,漂亮裙子整齐收入专属衣柜,学钢琴、学跳舞。老天好像不断打开她人生的一扇扇窗子，让温暖的阳光投射进来。

而过于顺利地抵达顶峰之后，就是下落。

随着父母事业进步飞速，观念的不和逐渐凸显。父亲痴迷科研，不善社交，对家庭生活漠不关心，不肯承担平淡生活中的琐碎部分；母亲的事业也在上升阶段，常常出差学习，又不得不照顾女儿，母亲觉得自己为家庭付出太多却不被看见，夫妻为此经常吵架，感情逐渐淡漠，孟玥七岁那年，父母和平分手。

父亲去了德国继续研究，母亲则把她留在身边。

由于家庭条件一直优渥，又请了保姆照料，孟玥在生活上并不发愁，吃穿用度都伸手可得。但那时社会包容度不高，单亲小孩多被投去异样目光。孟玥入读小学后，整日都是保姆接送，家长会或亲子活动也只能见到母亲一人，因此被同学嘲笑没有父亲，常常遭人欺负。

母亲告诉孟玥，单亲并不会影响她的成长，人生本就不完整，也不必强求完整。暂时不用去计较外界声音，管好自己，万事遵从内心。小孟玥慢慢理解这一切并不是谁的错，爸爸妈妈在一起不快乐分开是更好的选择。而妈妈会给她双倍的爱，所以，她并不会被外界那些嘈杂的声音所影响。

再大一些，升入中学，学业日渐繁重，没人关心成绩之外的事情。再后来考入大学，读书恋爱，日子更是日渐明朗。时间会抹去很多记忆，孟玥逐渐忘记年幼的时候将自己举起坐在肩头的父亲，她的世界只有母亲，魏玲成了孟玥的全部，即使是罗鸿的出现也没有改变。母亲的遇难让她一夜之间失去最爱的人，失去精神支撑，从天堂跌入泥沼。

先是哭泣，再是愤恨，最后阴郁，之前老天打开的窗子都一扇一扇接连关闭了。阳光没有了，洁白的云朵被狂风刮走，人生的暴雨倾盆而下。

最后她出入药店和医院，吃着不同成分的安眠药物，同学和朋友想开导她，母亲的好友要帮助她，她却听不进去，心理治疗也毫无作用。她开始逐渐变得偏激，幻想陈阳重回普通生活过上了快乐的日子，而自己却生活在地狱里。

这种想法不断袭来，钻入孟玥的耳朵和灵魂，仇恨的种子在此刻落入泥土，生根发芽，以沸血浇灌，以悔恨施肥，以愤怒生长，最终藤蔓缠绕，枝叶遮天蔽日，在她全身开满复仇之花。

但理智又会提醒她，真的值得为了复仇而失去之后的大好人生吗？母亲从小就告诉她，自己对她最大的期盼就是健康快乐地长大，不求出类拔萃，只求平安幸福。她不想让九泉之下的妈妈看到自己为了替她复仇在监狱中度过后半生的下场。她需要更周全的计划。

她退了学，切断社交，翻看各种案件，苦苦寻找，苦苦思索。只是每一个跳入脑中的办法都被随后的可行性所否定，她好像走入了没有出口的迷宫。

直到某一天，命运让她遇到了另一个女孩。她们身高、体型形似，某个角度的神态是那么一致，甚至仅看背影都险些被人认错。

灵光或许就在此刻闪过头顶。

"请帮我做一件事。"

孟玥牵着那个女孩的手，嘴巴凑到她耳旁低语。

那人听后却是惊讶、怀疑，觉得这荒谬的做法是不可能做到的。

"可你不是需要钱吗？我有很多的钱，你帮帮我，就能赚到很多很多的钱。"

短暂的犹豫过后，一个计划开始形成。

孟玥带她去做了微整形，调整脸部比例。

身高的差异用鞋跟补足,微乱的牙齿进行磨牙矫正。

同时教她语言,教她打扮,学习自己的习惯动作,模仿眼神和语气。

那女孩更瘦一些,因此要补足营养,多吃些,再多吃些。

复学后大都是新的同学,即便有少数从前就认识的,也会觉得她只是憔悴了、抑郁了,觉得那些许的变化是情绪心态所致。每个人都忙着过自己的生活,不会有人如此关心她,怀疑她的。她想的没错。

你以为她雇了凶,其实她雇人做她自己。

至于罗鸿,或许最初的计划里根本没有他,但不断完善方案的过程中孟玥产生新的想法,如果有人能假扮成障眼用的靶子,一个出于愧疚心理而自愿为女友复仇的"工具爱人",是否更好?查得越发细致,只会越走越远。即便复仇过程中不慎留下线索,也与她的替身样本不相匹配。而落在车轮处的烟头则是令警方走向歧途的最精妙设计,只会令他们绞尽脑汁怀疑罗鸿,却始终不能定罪。

因为她绝不会让爱人为自己牺牲,不会踩着别人至暗的黑夜换取自己那问心有愧的光明。

当然,任何方案都不是完美的,计划之中总有变数,或许他们并未想到会有新的生命,但也只差一点就完美地遮掩了,罗鸿也因为这份延续的血脉而更加坚定。

经过万全准备,那一天终于来临,罗鸿只是请假在家,而真正的孟玥穿上防护服并戴好护目镜,开车、卸人、捆绑、淋浇汽油,最后亲手点燃了那根火柴。

她望向那团火焰时,一定觉得被身处天堂的母亲拥抱了,那炙热温暖的火光,足以照亮她余生的一切苦难。

至于那位替身不知躲去了哪里,但能肯定,现在机场那个整装待发的是真正的孟玥,她即将登上飞往德国的班机。

"你在这和我天方夜谭呢。"林局听完手机里徐锐的长篇大论,好半天没缓过神来,"一个大活人,被人顶包两三年,周围的人全都没发现,演电视剧吗?就算是整容后面部相似吧,体态呢?声音呢?行为习惯呢?怎么可能一模一样,这也太荒唐了!"

"林局,我并不是说她们一模一样,我是说通过面部整形以及体态训练,她们能做到很高的相似度,同时孟玥利用我们的思维惯性,引导大家在潜意识中,将两人难以统一的不同之处默认为一种重大创伤后的应激改变。例如复学后性格孤僻、记忆减退、反应迟缓，甚至难度不大的考试也频频出错，全都可以解释为失去母亲的痛苦导致。这样即便有人看出变化，也不会怀疑那不是孟玥本人，反而会觉得产生这些变化十分正常。"

"好吧。"林局勉强点点头，继续发问，"假设你说得对，确实有这么个替身，假设复学的确实不是孟玥。那这个替身是谁？叫什么？人在哪儿？现在能找到吗？"

"那替身的任务已经完成，想必已经躲了起来，一时半会儿大概是找不到了。不过我们之前采集过她的DNA，日后还是有很大的可能性找得到她。还有，孟玥取出的一百万现金中，三十万给了保姆朱玉萍，剩下的七十万我们一直没找到，之前以为是给了罗鸿用于藏身，可他有工作，日常生活也很单调，根本花不了那么多，现在看来很可能是付给了那个替身。"

"人找不到，那有什么别的物证吗？"

"有，视频就是证明。两个背影的步态是一模一样的，赵博士已经确认了。她之前太聪明了，防护做得好，什么也没留下，退一步讲，就算她在现场不小心遗留了指纹或毛发，我们也是想当然的与假的孟玥进行对比，自然是匹配不上的。我们可以拘传后立即提取她的 DNA，只要二十四小时就能知道她与之前的孟玥到底是不是同一个人。"

林局仍旧露出些许为难的神色，这时古尧上前一步，补充说道："林局，赵博士的分析在法庭上或许不能成为定罪依据，但支撑一个拘传令没有问题，不算有瑕疵，即便最终证明我们的猜测错了，孟玥实际上没有问题，程序上也完全合乎要求。而且我相信徐锐的判断没有错。"

"是的，林局。"徐锐上前一步，"请您下令拘传孟玥，现在还来得及，她还没走，如果一旦让她登机，再想把人带回来就太难了。孟玥之所以会走上犯罪道路，是因为我们无法将杀害她母亲的凶手绳之以法。而陈义红之死，也是因为我们没能及时给杀害她儿子的凶手定罪。这案子太需要一个结果了，为了让老百姓继续相信法治，相信警察，而不是去笃信复仇，笃信私刑。这是我们身为刑警的职责和使命。"

面对徐锐的恳切之词，林局终于点了头。


拘传令的签发流程已经是特事特办，但仍然耗费了些时间，徐锐拿到手时，天色已经亮了起来，孟玥也已从家中出发。从市区抵达机场正常车速需要四十分钟，徐锐等人快马加鞭，已提前等候在平州机场国际出发厅。

孟玥购买的是上午 11 点 20 分从平州直飞德国法兰克福的航班，预计她会在上午 8 点 30 分左右到达机场。

8 点 35 分，孟玥果然按时抵达机场。

虽然是炎热的夏天，但孟玥仍是全身长衣长裤包裹严实，脸上戴着口罩，以及一副大大的墨镜。她一人拖着两只硕大的行李箱，到值机柜台办理登机。幸好这趟飞机只开了一个头等舱贵宾值机口，而排队的头等舱旅客又有点多，这给了徐锐、古尧更多的准备时间。

就在孟玥伸手拿取自己的登机牌时，徐锐几个箭步冲到孟玥面前。

"孟女士，抱歉，你今天应该是不能出境了。"

看到突然出现的徐锐和古尧，孟玥先是一惊，但是很快恢复冷静。她不自觉地将墨镜向上推了推，试图遮住更多的面部空间。

"徐警官，好久不见。你凭什么阻止我上飞机？难道是那个男孩的案子又有了什么新的线索需要我配合吗？身为公民，我很想配合警方查案，但是很遗憾，我今天没有时间，除非你们有充足的证据直接拘捕我，否则我拒绝。"

第八章·天方夜谭

"孟小姐,你看这是什么。"说着,一旁的古尧拿出口袋里的强制拘传令,递到孟玥面前,"我局现强制拘传你,请你配合。"

"你们没有证据这么做,你们不能抓我……"孟玥一时慌了神,转身就要走。

但是徐锐怎么可能让她走脱,挣扎之下,孟玥的墨镜掉到了地上。徐锐抬眼一看——

他赢了。

其实她与替身并非相似到以假乱真,只是整体轮廓极像,某些角度几乎一样,细节处却多有不同。真正的孟玥身材略显丰满,更白皙,眼睛更大,下巴更长,嘴巴更小。只有近距离看过二者的人,才可以分清她们的不同。

进入警车内,古尧拉开孟玥的外套拉链,看到她平滑的皮肤上果然没有任何伤口,只有一条印有母亲照片的项链在颈部闪闪发亮。

2个月后,市中院对"7·20焦尸案"进行了公开审理。不仅省市级别的主流媒体悉数到场,还有许多市民申请旁听。

在法庭上，孟玥对全部罪行供认不讳，详细交代了作案手法，从意图产生到寻找目标，从前期复仇方式的选择到后期如何逃避侦查，细节全都能对上，没有漏洞。她包揽了全部罪行，声称罗鸿只是愧疚出走，并未参与自己的计划。而警方也的确没有两人联络的有力证据，最终只能以"遗弃罪"对罗鸿提起公诉。

至于扮演孟玥长达两年的"替身女孩"，孟玥交代其名叫小玫，说自己只知道这个昵称，并没看过那人的身份证件，不知道真名，酬劳也都是现金交付，没有转账记录。专案组刑警自然不信，将孟玥周围的熟人全部排查一遍，又在魏医生的朋友、病人里拉出名单详细排查，还是没有符合条件的人选。而那姑娘也确如水滴般融入大海。

案件经历两次开庭审理，证据链完整，最终孟玥被判处有期徒刑十八年。

判决当即生效，孟玥被送往平州市女子监狱收监服刑。

尾声 ∨∨∨

余生安宁

他们失去了部分的你，失去了部分的自己，和他们因为爱你、信任你而永远不会对你承认的，余生的安宁。

这一年的夏日漫长，短衣短裤总穿不尽，可秋日却极其短暂，好像枝头树叶从绿变黄只是一两周的事，接着便是两次降温十摄氏度以上的寒潮。

一夜入冬之后，徐锐的事业迎来了春天。因案件立了头功，他已经晋升为南城支队刑侦大队长。第二年春节刚过，省厅举办表彰大会，徐锐又被选中去平州领受表彰。结案后他一直没再去过平州，因此想找个时间去看看古尧。

可在这个念头之前他的脑海中竟然窜入另一个念头，就是先去监狱看看孟玥。连他自己都没想到为何会有这种想法，仅是出于好奇吗？他总是在某些夜晚，回忆孟玥被抓捕时那令人触动的复杂眼神。

探望的申请通过后，徐锐不想空手去，询问有什么东西可以送进去，得到的回复是衣物、日用品以及内容健康的书籍，他自然选择了后者，将书店畅销排行榜上的前五本都买下来。读书，这应该是监狱中的最优爱好了。

来到平州女子监狱后，先做安检，携带的书籍经工作人员检查确认后先予带走。因徐锐不属于被探视人员近亲属，走的特批程序，见面不在人多嘴杂的探视大厅，而被带入监狱内部的会见室。

孟玥很快也被狱警带了进来。

她穿着后肩印有斑马条纹的蓝色囚服，脸颊消瘦了，长发已按照女监规定剪短，发根有点出油，发尾则乖顺地拢在耳后。坐下之后，她点头对狱警表示感谢，同时眉头舒展，温柔的眼神落在徐锐身上。

"好久不见，徐队长。"

她的嗓音轻盈、灵动，眼神清亮，这难看蹩脚的行头和并不清爽的打扮，竟然掩饰不住她那种说不出从哪溢出的光彩。

"是啊，小半年了。你在这儿，怎么样？"

"您这话问的，这里能好到哪儿去呢，尽量活着吧。刚刚听他们说，您还给我带了几本书？"

"嗯。"

"谢谢,我特别爱看书,想着就是为了这些书也得专门来谢您。"她的嘴角并没有笑,但兴奋的神情似乎浮现在眼里,"虽然看的速度比较慢,一个月只读两本,但我有毅力、能坚持,一年下来也有二十四本,十八年就是四百多本。把它们全部读完,我就可以出去了。当然,我也会争取减刑,可能还用不了那么久,或许十二三年就出去也说不定,那时我还不到四十岁。"

"是吗?"徐锐在内心惊呼,他总是忽略孟玥其实是那么年轻,"你是我见过的心态最好的服刑人员之一。"

"过奖了。"她这次是真的笑了,露出整齐洁白的牙齿,"就当完成了毕生最重要的任务,来这里休息。不过徐队长,您那么忙,除了送书,是不是还有别的事?"

徐锐当然有其他的事,他口袋里的笔记本已经摸了半天。

"关于你的案子,还有些细节我实在没想清楚,可以和你聊聊吗?"

"您问吧,我愿意的话都会说。"

徐锐从口袋里拿出笔记本,翻开书签页,有几行字前面画着大大的问号。

"首先我必须承认,你的计划相当缜密,接近完美。"

"谢谢。"

"如果不是你的女儿这里留下一些破绽,或许此刻你已经成功了。我很疑惑,这两年你精心布局,承受巨大压力,为什么在那种时候,在那种躲躲藏藏的日子里,还会选择生下她?"

"猜到您就会问这个。孩子的事……我当初也像您一样犹豫过。"孟玥咬咬嘴唇,停顿一下,"生命在不合适的时间来了,不知该打掉还是留下,甚至想过抛硬币,让老天替我做这个决定。但硬币落下的一瞬间我才意识到,我对结果并不是无所谓的。我妈妈死了,我爸爸给我很多钱,但没什么爱,我的外公外婆爱我,但他们的年纪越来越大了。我忽然想要一个亲人,一个可以陪伴我很久很久的亲人。而且你也说了,那种隐蔽躲藏的生活很不正常,人在不正常的环境里需要一点寄托,哪怕是个不能完全掌控的变量。况且我本以为就算你们找到了朱姐,那孩子的 DNA 和小玫也不匹配,抱着这样侥幸的态度吧。"

"侥幸的态度……"徐锐点头重复,"那么这两年间,除去到外省生孩子的几个月,你大部分时候都住在西郊别墅中。但我们反复查过这期间别墅的用水用电,每周一到周五用电量都持续稳定,也从没有过用水记录和燃气记录,更没有叫过外卖,你的吃饭和日常生活是怎么维持的?"

"其实很简单,不知你有没有注意到,别墅里有个鱼缸?"

"注意到了,但里面并没有鱼。"

"对,那其实是个景观水缸,有许多灯光设计,全天打开的话,耗电量是相当大的。我试过,只要关闭鱼缸,平时用电锅做饭,同时少开空调,不用电子产品,耗电量自然能维持在合理的数值。至于用水,每周末小玫来的时候,我会将几个水桶蓄满,留着工作日洗澡做饭时再用。"

"既然这么麻烦,为什么不藏到别处?"

"这个问题我也想过,想着藏在外面比别墅里要舒服得多,不过最后还是回到别墅了。一方面方便随时指导,随时纠正小玫,另一方面,我偶尔也可以在远处看看我的女儿。"

"原来如此。"徐锐记录在本子上,"那么复学后的笔迹呢?你复学后的全部试卷,我们找了专家鉴定,笔迹和之前都是一样的,可有些考试根本不允许课后完成,你并没有机会替她写。"

"这更简单,因为你们手上的全部资料都是小玫写的。

复学后的我的确不可能替她写,却可以在休学时托人拿出所有的资料,让小玫重写一次而已。复课时候再把那些资料交回去。"

"居然是这样。"徐锐感慨,"你竟然花了这么多心思。"

"是啊,反正我和她都多的是时间。说实在的,她不像你我有这样好的应试基础,把她教会真的费了我不少力气。"

"那么你是从哪里找到的这个小玫,你们是怎么认识的?"

"之前的细节都可以告诉您,毕竟这里也没个说话的人,憋着也怪难受的。唯独这个问题——"孟玥摸摸下巴,摇头道,"我真的不能说出来。"

"就算你不说,现在数据库里有了她的DNA,我们是有可能找到她的。"

"找到又有什么用呢?"孟玥捋一捋头发,"你们无法把她关起来,她什么也不知道,只是替我过了两年完全不同的日子,然后回到自己本来的人生。她并没有犯下任何罪,和罗鸿一样清清白白。"

"你还真是除了自己,把所有人撇清了。这样说的话,那我也没什么要问的了。"徐锐合上笔记本放入上衣口袋,清清嗓子,"对了,你知道在你作案之前十六个月,刑法上的责任年龄已经下调,已满十二不满十四周岁青少年犯下严重暴力犯罪行为,需要承担刑事责任。其实在这个问题上,国家的立法一直在与时代跟进的。"

"所以您是在替我惋惜吗?如果我妈妈的案子晚一点发生,那个畜生就会被判刑。"

"我只是想问一问。"徐锐盯着孟玥的眼睛,问出那句久存内心的疑惑,"用十八年的自由换取所谓的复仇,你真的没有一点后悔吗?"

"徐队长,这个问题,已经有太多人问过我了。"孟玥收起笑意,挺直脊背,眼神也毫无退缩地与徐锐四目相对,"我一点儿也不后悔。就算那个男孩……就算他当时年满14岁,被判了刑,除非是死刑,只要是他有一天被放出来了,我一样会这么做。这是他欠我妈妈的。况且我已经慈悲到不能更加善良了。"

"慈悲?"

"是的。我没有因为复仇就冲昏头脑去伤害任何一个没有罪孽的人,我本可以有更简单的方法,但我一个也舍不得伤害。再也没有像我一样的人了,徐队长,如果复仇这种使命能打分数,我应该是一百分的学生吧。"

她在自己的逻辑之下，叙述的是那么流畅，流畅到徐锐不知该从哪里开始打断。而短暂的沉默过后，徐锐抬起头来，缓缓问道："可有一个问题，不知你想过没有。"

"你说说看。"

"陈阳他以后或许是个有用的人，你并不能确定他永远是个恶魔。儿时犯下错误，成年后悔改的例子也有很多。"

"你说得对，我当然无法确信，是的，他或许会平安长大，会上学、工作、结婚，成为大街上再普通不过的凡人，甚至对社会做出贡献；他也当然可能将罪孽延续下去，甚至再杀一个或几个人。这根本是个没有答案的谜题。"

"对，这是一个没有答案的谜题，但就像教师必须给全班同学分发试卷一样，你不能剥夺任何人'作答'的权利。陈阳拥有继续'作答'的权利。而且，你之前所标榜的'不会让任何人为你牺牲'，其实只存在于你的幻想，或者说是你自欺欺人的希望。难道只有付出生命才是牺牲，影响到工作、生活与家庭就不是牺牲了吗？"

前面的话，孟玥没有反应，听到最后这句却猛然抬起头来，眼神中的不屑变为疑惑，她疑惑徐锐何以问出这种问题。

"先不提那些你根本不会关心的，受到间接牵连的陌生人。只说你在意的罗鸿，你的外公外婆，还有你的女儿，他们真的什么都没有失去吗？你以为你为他们考虑了一切，精心布局并且自认为完美完成。可事实与你想象的并不一样。他们失去了部分的你，失去了部分的自己，和他们因为爱你、信任你而永远不会对你承认的，余生的安宁。"

"余生的安宁……"孟玥默默念着这几个字，没有回答，却将眼神投去了墙上的挂钟，又看看狱警，示意对话可以结束了。

徐锐结束探视从监狱走出时，天已经完全黑了下来。他裹紧衣领，点燃一支烟，抽完掐灭后朝着地铁口走去，乘坐几站，走出地铁时却发觉外面下了雪。雪花由小到大，纷繁密集，在路灯映照下仿佛从宇宙深处洒落的碎片。他不由停住脚步，静静地看着雪片飞旋，不知它们最终被吹去何处。徐锐想到案件从夏日到深冬，几张面孔悄然浮现又逐渐散去，好像刚刚经历了一场长久的梦，而如今他正走在苏醒的路上。

(全书完)